對一朵花微笑

袁茵 著

作家出版社

图书在版编目（CIP）数据

对一朵花微笑 / 袁茵著. -- 北京：
作家出版社，2014.4
ISBN 978-7-5063-7348-7

Ⅰ.①对 Ⅱ.①袁 Ⅲ.①散文集－中国－
当代Ⅳ.①I267

中国版本图书馆CIP数据核字(2014)第059174号

对一朵花微笑

作　　者：袁　茵 著
责任编辑：罗静文 牛耕耕
装帧设计：王红卫 乔琳格
出版发行：作家出版社
社　　址：北京农展馆南里10号　　**邮 编：**100125
电话传真：86－10－65930756（出版发行部）
86－10－65004079（总编室）
86－10－65015116（邮购部）
E－mail：zuojia@zuojia.net.cn
http://www.haozuojia.com（作家在线）
印刷：北京雷杰印刷有限公司
成品尺寸：142×225
印张：13.5
版次：2014年4月第1版
印次：2014年4月第1次印刷
ISBN 978-7-5063-7348-7
定价：68元

目录
CONTENTS

推荐语
Recommended

序
Order

2010年

2011年

2012年

2013年

目录

CONTENTS

目录

CONTENTS

2014年

跋

Afterword

我们对孩子微笑
孩子对鲜花微笑
鲜花对天空微笑
天空对大地微笑
大地对流水微笑
流水对我们微笑

推荐语 I

成年人的时空穿梭机

郑晓龙

看《对一朵花微笑》，你仿佛也跟着十二岁的袁茵回到曾经纯真无邪而又空灵敏感的少年时代。那个阶段一旦过去，便百金莫赎。这本书是成年人的时空穿梭机，我们倒可以依循着它，去重新慢慢回味远去的童真。

我喜欢做些以前没有做过的事，并尽可能去做到自己的极致。《对一朵花微笑》大多以诗意散文的形式，托举一个露珠、空气、青苔、太阳皆有生命和思想的清新世界，它们似乎又和袁茵相互依赖、相互倾诉，融会成一个物我交融，没有成年人尘滓的滋养心性的空间！这一点上，《对一朵花微笑》达到了极致。

推荐语 II

停下脚步 关注内心

陈宝国

她对一朵花微笑，她试图去抓空气中正在逃窜的雨和蜜花香的味道。对小溪里的青苔，她也柔柔地对话：“青苔，是我扰了你的梦吗？”

我真的被十二岁袁茵的一篇篇小文征服了：她的清新、空灵和成年人往往缺失的那份干净，轻轻地撩拨着我，触碰着我们因整日忙碌而日益麻木的内心。

现代生活日益追求高效、务实，很多东西也都用金钱来衡量。可以把这本小书送给你身边的小朋友或成年人，并问一问：“我们是否也可以不那么步履匆匆，能慢下来，去关怀一下自己的内心吗？就像——对一朵花微笑？”

推荐语Ⅲ

我也只要我的十二岁

鲁 豫

十二岁的她梳着马尾辫，露出宽宽的脑门。心的旅行从纸上的辛德瑞拉到《三国演义》再到……喜欢跳舞，明确知道长大后绝不靠数理化吃饭。对未来充满好奇，渴望自由独立清新浪漫的小女性……袁茵的十二岁优越得让我有小小的羡慕和感慨。如果一切重来，我也只要我的十二岁。如今，我只能凭着《对一朵花微笑》这本书去追索！袁茵知道，她所拥有的，就是最好的。她不急着长大，希望永远能用十二岁的眼睛和心去看去体味世界！我又希望袁茵快快长大，因为我好像能看到那时的你，自如地工作，优雅、从容、愉悦！并且有了《对一朵花微笑》之后的另一个“微笑”！

序I

享受
精神充盈的生活

葛笑政

人的生活中有精神生活与物质生活之分，对于大多数人来讲，难得兼有，精神生活充盈的同时物质生活丰富，是许多人所不懈追求的。然而，我们常能听到各色人物在抱怨对生活的不满，即便他已享有相当优越的物质生活条件。究其原因恐怕主要是在精神生活层面得不到满足。因为，人们对精神和物质生活的追求会处于永无止境的状态，在不同的阶段有着不同的需求，并持续螺旋式地攀升。其实，这才是生活中的常态，也是人和社会不断进步和发展的原动力。

那么，对于正在成长中的孩子来讲，使他们生活得快乐，尽情享受愉悦的精神生活，更重于为他们提供优越的物质生活，因为，快乐和愉悦不是以物质为基础，也不是以物质为标准的。

我认识一个只有十二岁、热衷于写作的小姑娘，她叫袁茵，她在白纸上书写着自己对世界有限的认知、浅易的思考、美好的憧憬、无邪的疑惑和丰富的想象：

“停止写，我就不再发光”，

“对一朵花微笑”，

“青苔，是我扰了你的梦吗？对不起，我只是想看看你绿色裙子是否还这样养眼，你养的小花是否还这样美丽？”

通过轻盈的文笔，将青春的好奇化作稚嫩优美的语句流淌在一篇篇短文中，她在快乐地写作，并沉浸在美好的语言文字中。美文似乎有着心灵抚慰的治疗魔力。这种魔力，是她那具有正能量的小小家庭烘托出来的一种轻盈的心悸和旋律。读了袁茵的文字，那瓣心香和轻轻悸动的旋律，或许会引起你的共鸣，使阅读者与她一同感悟生活中的喜怒哀乐。这种中国式的对自然、内心的深切关怀和感悟，是几乎所有中国家庭的血脉传承和文化记忆。只需一点召唤和一把开启的钥匙，相信许多家庭将在共鸣之下，更走近自然，走进内心，去开启各自的精彩，开辟各自优质清雅的中国传统式的家庭生活。尤其是在极其物化的今天，精神的干枯似乎更为普遍，追求物欲的倾向甚至成为社会的主导，于是袁茵小姑娘更似一朵清纯的小花，绽放着独有的光彩，她虽然纤弱、单薄、稚嫩，却在物欲横流的今天形成了极大的反差。在我们聆听袁茵小姑娘心声的同时，好好去呵护那些成长中的孩子们，以免污浊浸染他们纯净的心灵。

让我们告别“雾霾”的内心。

葛笑政

2013年底于北京

序 II

感恩

鲍国安

应当说我是看着丫丫（袁茵）长大的；应当说对她的家境和成长过程，我也是多少有一些了解的。然而，“士别三日，当刮目相看”，面对眼前一篇篇虽稚嫩却充满想象力和灵动之气的小文章，我仍难以置信，它的作者就是我所知道的那个袁茵。

不过想一想，倒也觉得“顺理”而“成章”。

我和袁茵的父亲是忘年交，我们两家也是多年的好朋友，时不时地也会像走亲戚一样地串串门。丫丫三四岁的时候，爱和我的大孙女在一起玩，追着屁股后面，听大她七八岁的姐姐讲一些瞎编的故事。

几年之后，丫丫的小文章都要崭露头角了，我想首先得益于袁家的门风。丫丫的爷爷是位老儒生，父亲袁立章毕业于山东大学中文系，后又获取了中国传媒大学硕士学位，且一直孜孜不倦地收藏研习中国古籍；母亲张莉，也是中国传媒大学英语和新闻学专业的研究生。也就是说，丫丫的先天营养就很充分。而可贵的是，他们夫妻对孩子的教育不是学究式的，而是给了孩子充分的成长自由和发展空间。最让我感动的是，夫妻俩无论多辛苦，寒暑假都会带着孩子去周游世界各地，正可谓行万里路，胜读万卷书。

丫丫叫我“鲍爷爷”。鲍爷爷在这里衷心地祝愿你永远健康成长。希望你永远怀着一颗感恩之心，感恩你的父母，感恩你的老师，感恩社会，感恩所有滋养过你的人。

2013年12月12日

二〇一〇年——二〇一一年

小荷才露尖尖角

摄影·任春吉

可爱的我

2010年3月9日

我是一个非常可爱的小女孩！我的眉毛黑黑的，眼睛大大的，鼻梁有点低，但是总有一天会长高的！嘴巴大大的，耳垂厚厚的，是很有福气的样子！我还有一头乌黑的长发。我穿绿色长袖T恤，下着纱裙。我有些娇气，一批评就哭，但是，我神经粗壮，很快就会雨过天晴。我可爱吧？

想来小姑娘才三年级吧？八岁多一点，可已经有了一点点自我观察的小意识，对着自己，做了一番“肖像描写”练习！

“有福气”“神经粗壮”——这样的小词汇是抓人的，“娇气”“一……就哭”也写出了自己的脆弱。但“雨过天晴”又让人感到童年的活泼是无处不在的！

童年，就是童年。那样淡淡的几句，已经敲开了文字的大门……

万平

摄于北京·袁茵

春天来了

2010年4月

今天我写完了作业，想下楼去散步。

哇！没想到一场春雨过后，大地焕然一新。

小草从地下钻了出来，露出嫩黄色的头，它们互相招呼，互相诉说春天的美好。

迎春花开了，就像它们的名字一样，春天只要一来到，一簇簇迎春花就摇动花枝招展的枝条欢迎它。

最美的要数桃花了，白粉色的花峭立在万丛之中，十分耀眼，很像一位白雪公主在给花仙子们讲述冬天里的童话。桃花在微风中轻轻地摇摆，更是美不胜收，令人一生难忘。桃花的花香会钻进你的鼻孔，涌进你的心田，让你忘记所有的烦恼和郁闷，陶醉在无比的幸福之中。

春天真美！我爱春天！

“钻进你的鼻孔，涌进你的心田”，一个“钻”，一个“涌”，写出了初春桃花香的浓郁。对自然界的美丽敏感是令人开心的。

万平

童话一则

2010年4月

从前有一块坚硬的土坷垃，它见到过许多事物，听到过许多故事，认为自己的知识很渊博。

有一天，突然从地下钻出了一棵小苗。

这块土坷垃很轻蔑地对小苗说："你活不了多久，风会把你吹跑的！"它的话音刚落，一阵春风就吹了过来。不过，小苗并没有被春风吹跑，而是越长越高。慢慢地，有许多小苗都从土里钻出来了。

土坷垃看了看天，大笑着说："要下雨了！你们的花瓣会被雨点打落的！"春雨像妈妈似的摸着小苗的头，小苗快活地喝着水，开出了花。

而那块自以为是的土坷垃，被小苗们的根磨平了，变成了松松的苗土。

摄于澳大利亚·袁茵

一个小寓言，讲的是小孩子自己心里遇到的事儿吧！可能真的碰到了学习上或者生活中的障碍——那块土坷垃（只是我们好奇那土坷垃象征着什么）。

成长，是有力量的，成长的力量还是无敌的。风也罢，雨也罢，长高，开花，使障碍变成营养，成就自己的生长……

小文字，告诉我们，每个孩子的成长，都是有故事的！

万平

李昕纳 绘

妈妈的快乐与烦恼

2010年5月10日

妈妈快乐的时候很多，烦恼的时候也很多。但是我觉得妈妈感到最烦恼痛苦又快乐的时候应该是我出生那时。

2001年12月30日那天，医生告诉妈妈我还不到出生的时候呢，让妈妈忍一忍痛苦。可我非要出去，不停地蹦呀跳呀，那时我还不懂事，不懂得妈妈痛苦烦恼的心情。

那天晚上，妈妈叫了护士，护士叫来了医生，因为妈妈要生了。

经过了长久剧烈的疼痛，妈妈终于把我生了下来。她看到我这么可爱，立刻把之前的痛苦烦恼全忘了。

妈妈的爱是无私的，我说也说不完，写也写不尽。生活中这些点点滴滴很多。

有一次，我出去玩，不小心摔伤了腿，我当时很疼，妈妈镇定地安慰我，但我能看出她的心里比我还疼呢。

还有一次我偶然看到妈妈的邮箱和MSN，发现都和我的名字有关，我发现我在妈妈的生命中多么重要。

在这里，我要感谢您！妈妈，是您把世界当礼物送给了我！

袁茵七岁时

“是您把世界当礼物送给了我！”

这是一个孩子对自己出生对自己来到这个世界的感言，是对母亲的感恩。

生命的隆重，在于一个生命的光临，而对于这个光临的生命，这个世界，一瞬间成为了一个无可比拟的礼物……

这个孩子的心，该多么大！这个孩子初生时感受的世界，伴随着她的成长，又将会怎样地生长、变化呢？与时俱进的孩子，与大千世界共生长……

万平

一分钟能干什么

2010年11月23日

一分钟我能跳一百三十八次跳绳，我能做四十个仰卧起坐，我还能跑出四百米远。①

大部分人都认为一分钟是微不足道的，但是在有些情况下，一分钟是很宝贵的。

新西兰发生了里氏六级大地震，当时正好是2月22日中午十二点五十一分，当人们还在睡午觉的时候，却不知道灾难已经降临。如果有一分钟，人们就可以逃跑、躲藏，如果这时有一分钟，该有多好啊！

2004年12月26日，大家都还记得印尼的那场大海啸，夺去了近三十万人的生命，但这里却有一个小小的奇迹，不过才发生了一分钟。一个小女孩靠自己的知识，挽救了几百个人的生命。她很快地说："快跑！要有海啸了！"大家奔走相告，最后海滩上没有一个人死亡。

有时候，我多么想有一分钟啊！②

摄于澳大利亚·袁茵

← ①这是一串数字，是一种很生动的数字说明方法。

← ②是啊，这一分钟，那些素不相识的人的生命不仅得以挽救，小小的人儿还在运动中得到勃勃生长！

万平

二〇一一年——二〇一二年

吾家有女初長成

我叫袁茵的原因

2011年3月6日

我的名字叫……说来你们可别笑，叫袁茵。

我上小学一年级时可自卑了，就因为我的名字好笑！那时点名，老师叫一声：“袁茵！”我小声地说了一声“到！”全班哄堂大笑，他们把我的名字想成那个“原因”了。回家，我就冲着妈妈喊：“为什么给我起名叫袁茵？他们都笑我！”

妈妈语重心长地对我说：“孩子，你爸爸姓袁，而茵呢，是绿草茵茵的意思，小草不像花朵一样夺目，却装扮

了春天，爸爸妈妈希望你能像小草那样不骄傲，有默默做好事的精神；一个人的名字就是让别人好记，你的名字就像路标一样被人记住了，记住了你的名字，自然就记住了你这个人；而且做什么事情都要钻研，直到找出了原因。”

我明白了，原来袁茵这个名字这么好！

后来，每次别人再笑我，我不会低下头，而会从容地看着他。因为，他不知道，我的名字背后还有这么有趣的原因呢！

小小的好文！真真切切的话语、殷殷切切的期盼以及厚厚重重的“原因”，这小文中含了父母的祝福，含了女儿的悟性，含了一份让人难忘的“因缘”。

缘因，愿绿草茵茵的草地上结出丰硕的果实！

万平

我最喜欢的一本书

2011年10月6日

我最喜欢《十万个为什么》这本书。因为它融会古今，包罗万象，写出了大自然的千姿百态。在这里，可以了解浩瀚的神秘宇宙、美丽的地球家园、千奇百怪的植物王国、神秘莫测的动物天地。

这本书中，我最喜欢的几个问题是：太阳是气体还是固体？植物能预测地震吗？动物也会做梦吗？肚子饿了为什么会叫……

我认为《十万个为什么》这本书就像给我们了一顿知识大餐——像黑暗中的一盏灯，像雨中的一把伞，是你有困难时的一只援助之手。有一次，我不知道飞鱼是不是真

的会飞，便问妈妈。

妈妈说："查查《十万个为什么》吧！"

我查了，果然找到了，飞鱼真的会飞，只不过飞的时间极短。看来《十万个为什么》真的像字典一样有用呢！

读完《十万个为什么》这本书，我才发现原来世界这么大，高高的大楼和宇宙比起来就像沧海一粟。这本薄薄的书，把我带出了北京，带出了中国。我一会儿在宇宙畅游，一会儿又去了世界各地，一会儿进了动物王国，一会儿又去了植物天地。

最后，我合上书，回味无穷。

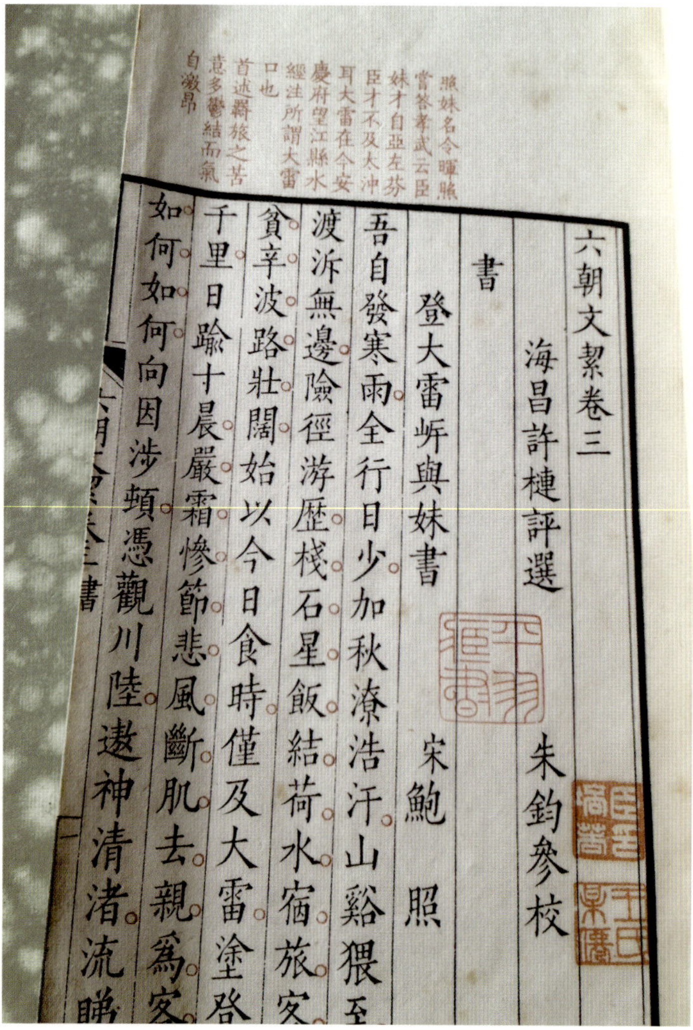

女儿渐渐长大了。她学钢琴，做奥数，跳芭蕾，练滑冰……整天和她妈妈忙得不亦乐乎。但是，我发现一个问题：她什么都能学，考级也能过，却总是不带激情地，似乎没有太多感觉。

“十一”长假，读袁茵《我最喜爱的一本书》，我发现女儿终于变得对一件事情有“感觉”了：那就是阅读和写作。作文从《十万个为什么》这本书包含的内容，讲到里面有趣的问题和亲身经历的阅读事例，明白了自己在知识宝库面前的渺小。描绘这本书对她的意义时，说：“像黑暗中的一盏灯，像雨中的一把伞，是你有困难时的一只援助手”，可谓形象而贴切。同样一样命题，作为爸爸，我可能也写不出这么到位的语句。

重要的是，从女儿兴高采烈的描述中，我得知，她上讲台做“一个凳子的高度”推荐发言时，她是不带书并且脱稿的，她说：“我看过的书，我有把握能把它推荐好！”从中，我看到了她的激情和自信。

“兴趣是最好的导师”，从小到大，学了这么多，也只有在万老师人性化、启发式的写作课堂，女儿找到了自己的天空，找到了通往自信和兴趣的那把“钥匙”。

感谢给予她“钥匙”的辛勤园丁，相信有了它，袁茵的人生将幸运地变得自信而充实！

袁立章

我收到的温暖

2011年10月15日

今天，我们四年级进行队列彩排了。

到我们班了！在体育队长“齐步走”的口令下，我们迈着整齐的步伐向前走，到了主席台，体育队长开始大声领口号：“向左转！九班，九班，奋进努力。锻炼身体，体格健壮！”我们也跟着在主席台前拼命边走边喊。走过主席台，我们接着走，直到走到自己的位置上，准备做操。

忽然，我看见王思杨冲我喊：“袁茵，你小队符号别针要掉了！”我想：“他可能是开玩笑的！”于是，我就没理他。可是回头一看，呀，别针是开了：别针一头在里面，一头在外面，它正想往我肉里钻。我可不能让它扎着我，于是我便使出浑身解数，想把别针别回去。可是这个别针好像并不听我的话，总想出来。同时，我还需要摆动胳膊做操，真把我急得团团转。这时，瞅准了时机，王思杨忽然伸过手来，敏捷地帮我别上了。

摄于澳大利亚·袁茵

想起刚才，我还误会他，不由得有些惭愧，连忙抛过去一个会心而感激的微笑："谢谢啦！"

他也快乐地对我笑了笑。

今天，我收获了一份温暖。以后，我也要把这份温暖传递下去，让更多人收到这份特殊的"礼物"。

语言、动作、心理描写，都是点到为止，但是，一种真诚的感谢还是浓浓地点在字里行间。从袁茵的不少抒情文字中，我感觉到童心的清澈。但在这样的小孩儿的文字中，她还流露了她的孩子气的一面。同学互助——瞬间的温暖！

万平

我已经看到的秋天

2011年10月26日

今天，我才觉出，秋天已经悄然而至。

树梢上，那嫩绿的颜色已经悄悄溜走了，换成了深绿色，那深绿色绿得有些恍惚。那树叶好像只要一阵风吹来，就会掉下来。

早晨，从温暖的被子里爬出来，我不禁打了个哆嗦，快速地穿上了衣服。

蚂蚁开始藏粮了，它们像小学生似的排着整齐的队伍一步一步往前走，一个个把粮食送入洞中。

晚上，一阵阵凉风拂过，大树也没有以前张牙舞爪了，仿佛少了几分活力。我和小朋友在树丛中玩捉迷藏，已经没什么地方可以躲藏了。

春天百花盛开的样子固然美丽，可少了秋天丰收的喜悦；夏天热闹的景象固然繁华，可少了秋天的宁静；冬天里的白雪固然好玩，可少了秋天的风趣。我最爱秋天！

我爱秋天的凉爽，爱那些翩翩起舞的叶子，爱这个丰收的季节！

摄于绍兴·袁茵

感受，真切的……“真”，是实在、自己看见了；“切”，是真的有了自己的感觉，映在自己的眼里，映在自己的心中。“打哆嗦”，“没什么地方可以躲藏了”。如果不是真切地感受到了，写下来，如何触动我们的心呢？小小的儿童，这样的文字，不是她比我认得的字儿多，而是她用比我更鲜活的心灵来感知世界啊！稚儿可嘉，心欣然尔！

万平

遭遇

2011年11月3日

今天，四年级要打针。我以前打过针，认为打针都非常可怕。

第四节课打针，在第三节课课间时，我便祈祷说："万能的上帝呀，请让今天不打针吧！"

第四节课，老师走了进来，满脸堆笑。

我以为老师要告诉我们不打针了，谁知，老师说："请打针的同学出来！"

我仿佛变成了木头人，直到老师问："袁茵，你不打针么？"

"打，打，打……"我这才醒了过来。

在打针前，我紧张地看着我们班第一个打针的同学，只见她眉头紧皱，表情痛苦，我不禁直冒冷汗。

到我了，大夫用酒精在我胳膊上擦了擦，每擦一下就像一根刺扎在我心里，我大脑里一片空白。

大夫看了看我的胳膊，也许因为我汗毛多，大夫找不

摄于梵蒂冈

到应该打在哪儿了？

我有些欣喜，也许我不用打针了！

但过了一会儿，我发现胳膊上有些凉凉的感觉，然后就没事了，我慢慢地睁开眼睛，已经打完针了！我太高兴了！

这次遭遇我不仅打了针，还收获了胆量。

心理描写！滴滴答答的时间，分分秒秒的感觉，一字一句的记录。收获了胆量的同时，她的心理记忆也留在我的印象中了。倘若有小读者，比一比她，也会有兴致练习的吧？

万平

史家胡同小学

校园剪影

2011年11月5日

走进校园，那块早已熟悉的“和谐”大石头，还有那向我招手的教学楼，都让我感到非常欢快。我迈着轻快的步伐走进了史家胡同小学。

操场上，此时已经落叶飞舞了，但跑道上的石子依然醒目，不久，这里就要白雪一片了。时间真快呀！一眨眼一年就过了。在操场边上，青苹果的大门敞开着，好像随时欢迎我们的到来。

走进教室，数学课代表便迎了上来，“收作业，我来收作业了！”

交完作业，我到自己的座位上坐下，同学们围上来，七嘴八舌地跟我说：“你昨天数学考了多少分呢？”

“英语本哪天要交呀，课代表同学？”

下课了，我看看外面，灿烂的阳光照着我，我露出一个微笑，一天就这样过去了。在校园里，时光飞速地前进着。

我那熟悉的校园呀，在我看来四季如画，我要用心将这一幕幕永远地保存起来，永远，永远……

摄于京都·袁茵

谎

2011年11月8日

是啥，说了一个，就得继续说两个、三个？

是什么，在没被揭穿前，以为自己是天衣无缝？

是谎。

谎能给人带来短暂乐趣和不安。

其实，说“我不知道”也比说谎好，谎能把事情闹大。如果事情比针小，那谎比天大。

同学们，不要说谎，听我的吧！

什么是真理，不仅是那些伟人、名人、大人、父母、师长、圣人所写的话语哦！真理，首先是自己内心真实体会到的道理，体验过了，明白了，就知道了，这个理，就是真理！

你看，关于“谎”得出的一个小孩子的结论：“如果事情比针小，那谎比天大。”

这就是真理。

你说呢？

万平

致万老师的一封信

2011年11月19日

老师：

似瓢泼大雨中的一把伞，您保护着我们；似黑夜中的一盏明灯，您指引着我们；似你跌倒时将你扶起的一双大手，帮助着我们。就是您，万老师。您长了一双和善的小眼睛，一头浓密的像黑色瀑布一样的头发，您那像两片带露花瓣似的嘴，永远隐约挂着一丝笑意。

您的眼睛好像有魔力，时时刻刻在跟我的心交流。那一节课，您让我们一个个站到讲台上的一把椅子上，介绍自己最喜爱的书。我有些胆怯：平时我很少上讲台面对同学说话。您叫到了我，我做了几个深呼吸，快步走上了讲台。我很紧张，说话有些不连贯。这时我看到了您鼓励的眼神，仿佛在说："梅花香自苦寒来，宝剑锋自磨砺出，加油，在心跳中成长，在泪水中坚强。"

我顺利地介绍完了我喜爱的书，下面竟然响起了热烈的掌声，好像是对我的紧张的鼓励，也是一种希望我赢在

万平老师和学生们

人生起跑线上的鼓励。

您的耳朵很神奇。上课时，您出了作文题目《我的老师》，我忍不住小声嘀咕："今天的题真难！"但还是被您那顺风耳给听到了。您说："这篇文章其实也不难，可以写写老师鼓励你时，老师的性格、外貌，你和老师的交流……只要是真情实感，都可以。"

您的嘴巴好像《哈利·波特》里的魔杖。有一次，我作文写得很好，您表扬了我，还说："袁茵，老师知道这篇作文是你注意积累而成的，加油！"我好像被施了魔法，作文写得一次比一次好。

万老师，是您把我这块石头渐渐变成了金子。您把智慧的钥匙交给了我，把做人的秘籍送给了我，让我小小的心在知识的海洋里畅游，让我那稚拙的语言变得有声有色。

谢谢您，老师。

爱您的学生 袁茵

做只优秀的蜗牛

2011年11月23日

在我没开始写作前，我的世界是黑色的。因为我有点儿胆小，不喜欢和同学交流。所以呢，不幸的我有了个外号——“蜗牛”。

蜗牛，喜欢把头缩在壳里，这跟我的形象是相同的；同学们玩儿时，默默观望又仰着头的是我；合作时，单独完成的也是我。我对他们羡慕，又有疑问：他们，真的安全吗？真的，可以让蜗牛把头伸出去吗？

我不记得是什么时候发现写作的乐趣的。它就像翡翠原石一样，被深深埋在了地下，只有把它挖掘并完美剖开，才会发出光芒。

我循着光的方向，开始把全部精力放到写作上去。写的时候，我会跟着喜、怒、哀、乐，周围一切都似乎不再吸引我。而停止写，我就不再发光。

同学们通过我的作文又一次认识了这只蜗牛，他们奇怪：她是什么时候变化的？

他们不知道，蜗牛在壳里也会努力，既然我只能是蜗牛，那，让我做只优秀的蜗牛吧！

“停止写，我就不再发光。” 有幸成为袁茵的老师的我，读到这句话，我不由得快落泪了！这样的话语，应该是写作最高的境界与享受了！写作，应只为这样的状态吧。只有真得到写作三味的人，才会有所感受——只是，这个世界上，却有几人可以真正拥有这样纯正的感受呢?

如小袁茵，我们一同做小蜗牛吧。嗯，会很美！

万平

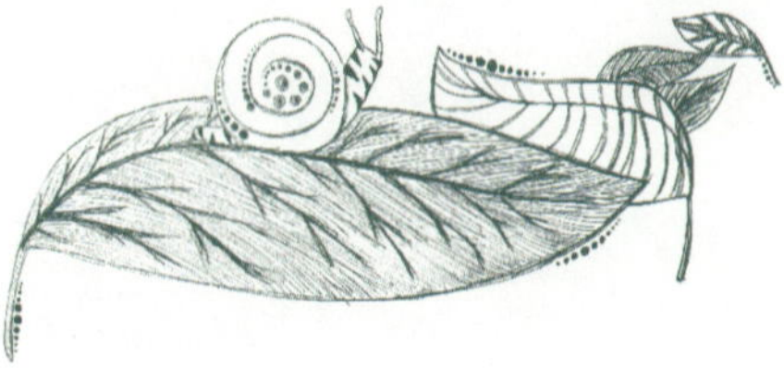

李昕纳 绘

演戏一旦进入自如状态时，你就会浑然忘我，你完全变成了那个人物。这是会让一位演员难忘的入神时刻。

袁茵说的“周围一切都似乎不再吸引我”和“停止写，我就不再发光”，同样是一种写作者的巅峰忘我状态的体现。

小蜗牛躲在厚厚的壳里，却不妨碍她成为一只优秀的蜗牛作家。

孙淳

二〇一二年——二〇一三年

二月梢頭淡墨痕

摄于杭州・袁茵

读《飘香的生命》有感

2012年2月25日

桂花，香却不张扬，老大爷行善却默默无闻。他们在生活中默默服务，不求回报。他们心中有善字，却没有回报的欲求。

桂花有着沁人心脾的幽香，它不张扬，默默地来，默默地飘香，接着又默默地走了，让人以为那香气是玉兰发出的。老大爷为了那个同学，天天晚走，晚关门，晚睡一个小时，却乐在其中，从没有任何怨言。

我想，我身旁也有许多人在默默奉献，比如打扫卫生的阿姨，帮助开门的保安，修自行车的小志愿者……

我也要像他们一样服务他人，不求回报，不张扬，默默地为别人服务。

就像桂花那种香。

感谢你 生命

2012年3月24日

从那一刻，从我第一声哭声响起，我就真正拥有了你——生命。

我常常沉思，生命的意义是什么？人为什么要来到世上？也许，为了捕捉那爱的瞬间；也许，为了闻那有着露珠的花朵；也许，为了聆听那新的生命；也许……

漫步在花园，看那忙碌的蜜蜂，它们的诞生就是为人类采蜜；仰望那一栋栋大厦，它们的诞生就是让人们安居。我常常想，世界上为什么有那么多无私的生命？老天创造每个人都有他的理由，人只要有生命就会有他活着的价值、意义。

我要感谢生命，是你让我学会了本领；我要感谢生命，是你让我学会了写，读，听，唱……包括我现在正在做的——思考。我还要感谢你，你让我看到了新的生命，听到了新的哭声。

每个人的生命既是短暂的，也是漫长的；是幸福的，也是悲伤的。

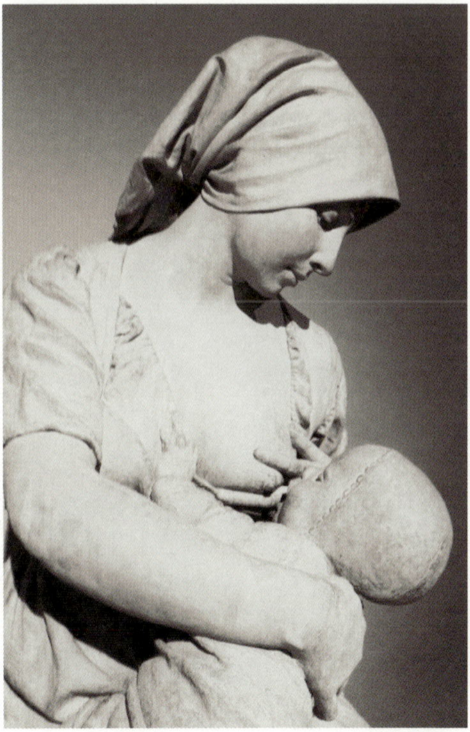

摄于法国·袁茵

每个人都像一棵树，我现在是一棵幼芽，正在生根，成长，我要努力把根扎深，为自己得到更多营养。一根幼芽要经过一道道难关才能长成大树，中间不管有暴雨还是雷电，我们都不要改变意念。生命也是如此！

刘伟，1987年10月7日生于北京。十岁时因触电意外失去双臂；十九岁时，成绩优秀的他放弃高考，开始学习钢琴；2008年4月30日，参加北京电视台《唱响奥运》节目，演奏钢琴曲《梦中的婚礼》，为刘德华伴奏《Everyone is no.1》；2010年7月，参加东方卫视《中国达人秀》，获得总冠军；2012年2月3日成为“感动中国十大人物”获奖者并获得“隐形翅膀”的称号。

读《我想感谢一双手》有感

2012年4月2日

“我的人生中只有两条路，要么赶紧死，要么精彩地活着。”断臂钢琴师刘伟哥哥的这句话使我充满了力量。

读了《我想感谢一双手》这篇文章，双手健全的人一定会庆幸自己的幸福。

这篇文章的开头，作者觉得有一双手是理所当然的。后来听说了大哥哥刘伟的感人故事，作者改变了看法，他感谢上天让自己有一双完整的手。

那个刘伟哥哥的故事也深深打动了我。它让我明白了一个道理：一个人的外貌不可以选择，而品德和精神，却是自己可以创造的。外表上的缺损无法改变他心中的精神，精神有时也是一种力量，能帮你取得成功，面对挫折。

有很多残疾人都克服困难，获得了成功。我们四肢健全的人更应该珍惜生命，学习他们坚毅的精神。

我知道了一个道理：“每个人不管生活中遇到什么挫折，都要精彩地活着！”

摄于新西兰·袁茵

心里的世界

2012年8月9日

在我们怦怦跳动的炽热心脏中，有着一个我们所期盼的世外桃源。

清晨，断了线的露水缓缓流淌入清澈的湖水。空气暖洋洋的，显得大气而又生机盎然。正值春日的大地沐浴着馨香的晨风，树叶开始吟唱。一座座房子外，娇艳的蔷薇刚刚苏醒。同是紫色的房子看过去却有深有浅。

这时，你的心情如朝霞般清爽。

正午，天空是一片蓝，其间掺了些白，几片面包片似的银白云朵轻轻掠过，阳光仿佛在窃窃私语，戏弄般在其间跳来跳去，不过一会儿也便厌倦了。

这时，你的心情如阳光般灿烂。

傍晚，晚风和煦地抚摸着归霞，柔柔的……最终，一点光也没有的时候，你就慢慢睡着了。

这时你的心如黑夜般平静而祥和。

这是我们心里的世界，也是我所期盼的世界。

李昕纳 绘

友谊

2012年11月3日

风，轻轻吹；叶，慢慢落；天，缓缓黑。

失去的友谊，何时才能挽回。

人常说，友谊比金子重要，比金子贵。是啊，在危机时刻，没有人会为金子和你生死相依。

朋友啊，请记住，说出的话像泼出的水，说出就无法挽回。切记，朋友之间不能有嫉妒，只有赞美。

挚友用手是分不开的，用刀是砍不断的。请和你们的朋友一起加油，努力吧！

嗯，为什么会写出这样的语句呢？小小的人儿，似乎有着大人一般的哲学感悟！小大人，多无趣，她不是那种催熟打蜡的奇异果，恰是一颗悄悄地静好生长的童心之果。“挚友用手是分不开的”这样的句子，确实对大人都有益。

失去的友谊——一点点伤怀，却品出了比金子昂贵的平凡之语。

万平写于飞往郑州的飞机上

摄于北海道・袁茵

初雪

2012年11月4日

李昕纳 绘

是什么，在空中飞舞，在窗上嬉笑，在地上融化，又重新回到了天上？

噢，是那晶莹剔透的初雪。

早上，打开窗，看到雪给小草铺了层被子，给大地盖了层白霜；中午，雪慢慢融化，诉说着人间的美景；下午，只有树枝上，才有那一点残留；晚上，雪又回来了，白茫茫一片。

啊！初雪，我爱你！

2012年9月，升高了一个年级。
五年级，第一学期，孩子，十一岁了。
女孩儿十一岁的初雪，比童年似乎更晶莹。
这个晶莹的初雪，来自那双凝望的童年的眼睛……

万平

世界末日

2012年11月7日

今日，一童鞋问吾："2012乃日亡之日？"

吾答："人生得意须尽欢，莫使考试考零分。浮生若梦，而为吾者几何？古人秉烛夜游，我伏案写作业。浮生长恨欢愉少，肯使多看一会书？世间行乐亦如此，古来考试如流水。2012后吾考试糟糕也，日亡之日，则万事大吉；若平安无事，我则亡也。"

童鞋晕也。

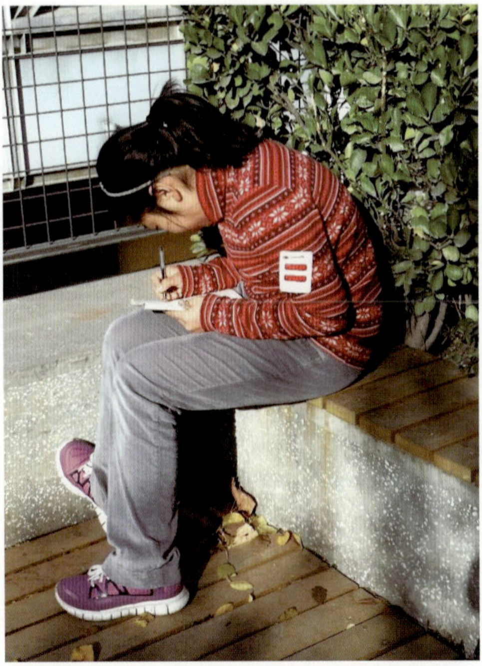

校园一角

生死事大，考试？面对生与死，考试之二字竟已然置之度外，小人儿何等气度也？

茵儿的考试，其实分儿是极高的，绝不“悻悻”然。但人不见黄鸭泆水，竟全是水下红掌拨清波的麻利功夫！水面上是看不出慌乱的。

我为之师，也常“顿桌击节”地与学生们大谈“分”之满百的优越之于习惯的必然必要，那是考前，但一旦考了，也就了了。

学习之于分，是一个用功的过程，分之于茵茵，却是一个小站牌儿，一站一站，书读多了，人长大了……

万平

冬

2012年11月11日

冬天匆匆接了秋天的班，带着它的礼物，来到了人间。

冬天，天气是干冷的。即使只在外面待一会儿，也会被冻得面红耳赤。原来生机勃勃的小草终于倒下了，地上一片土黄色。只剩下几支枯树枝可怜巴巴地伸向天空。起初，风轻轻的，像一股烟从地面升起。后来，风鼓吹起来了，吹得那些没关紧的窗户啪啪作响，风像个被惹怒的老头，大发雷霆。

冬天插着翅膀飞来了，带着美好的事物。它，没有春天的鸟语花香，也没有夏天的热情奔放，更没有秋天的丰收果实。而冬天，却默默无语。我喜欢冬天，因为冬天来了，春天还会远吗?

摄于北海道

雪莱，也这样说，但是或许带着冬的绝望与对春的迫切。
萧红的文字中，《呼兰河传》中描绘了冬日，
馒头可以被冻裂的大地“吃”掉了。
冬天，肃杀的，茵儿的笔下却是“带着美好的事物”。
默默无语如一个有着生机的祈望者，被她喜欢着！

万平

刊登袁茵文章的部分刊物

分

2012年11月15日

今日，一童鞋问吾："你数学三单考得怎样？"

吾答："100-2-3-4+3+2。"

童鞋："我在算也，96，啊哈哈哈哈！"

吾不服："古今多少真才子，跌倒白纸红分间。何必悲伤太失意，天下谁人识袁茵。又是一日倒霉日，愿吾不为考试哀。考试场上无英雄，英雄不拘分数间。"

童鞋听罢，无言以对。

同样分数，别样表达，别样表达，不同格局。这便是让人无言以对的袁茵！

万平

袁茵和同学们

家

2012年11月28日

班级，就像家。喵呜（同学们给班主任万平老师起的绰号）像妈妈，许老师像姥姥，韩老师像奶奶，还有三十八个兄弟姐妹。喵呜是胖胖的、辛勤的、关心我们的、严厉的，好像一个妈妈。许老师像一位慈祥的姥姥，看到什么我们没做到的，立刻自己做（有一段时间，许老师老腰疼）。韩老师像奶奶，一个精明的、一丝不苟的、心情变化极大的老太太。童鞋们，都很和平，和谐社会，你我共创。

《弟子规》里说过：亲所好，力为具；亲所恶，谨为去。童鞋们，一起加油！

喵呜——就是我，这是袁茵给我用她的小文字画的第一幅肖像？荣幸了！

万平

距离

2012年11月28日

距离，人与人的距离，心与心的距离。

我画的这个图中，房子是家，大圆是爸妈，曲线是我。中间那条直线是我们之间慢慢产生的距离。这是我的故事，我的经历。你想过吗？爸妈越来越晚回家，独立时间越来越多，很不幸，现在我就是这种情况。在每一次，每一次取得好成绩时，面对空荡荡的家，我还能说什么呢？在每一回，每一回学校有开心或不开心的事时，看着空无一人的家，只好去找朋友；在……

中国有许多家长也像我爸妈那样忙，成为“工作狂”。他们不爱孩子吗？不，他们只为了给子女买漂亮衣服，做好吃的罢了。可父母们不了解，其实，我们只想要个家，温馨的家。

我要送全天下父母一句话：孩子的童年是短暂的，请重视并珍惜。

妈妈和爸爸却都是爱我们的，只是有的不善于表达。

摄于肯尼亚·袁茵

在上学前，总能看到一杯牛奶屹立在桌上，那就是爱。同学们，不要因为父母忙而责怪他们，要慢慢沟通，就可以推开无形的门，拉近距离。有时候，一句“谢谢”“对不起”“太好了”，也可以温暖爸妈的心。

就此，让我们彼此珍惜，争取多在一起。让距离不再出现在我们的内心。

父母会经常听到一句话：“孩子是最好的老师。”随着女儿的诞生，她从一个柔弱的婴儿一天天成长，从咿咿呀呀，蹒跚学步，到一个朝气蓬勃的小少女。作为妈妈，我一直觉得还算胜任，直到看到女儿这篇小文。一方面，庆幸女儿用这种方式和我们沟通；另一方面，反思自己提供给孩子的爱是否全面，爱的方式是否正确。但是非常让我欣慰的是女儿那句话：“不管怎样，爸爸妈妈都是爱我们的。”

张莉

托尔斯泰

2012年12月3日

他是个大人物。

他善于描绘性格的发展和变化，自然浑成而不露斤斧痕迹。托尔斯泰的风格主要特点是朴素。他力求最充分最确切地反映生活的真实或表达自己的思想，因此，他虽然在艺术上律己极严，却更要求不单纯以技巧取胜，不追求形式上的精致，只寻求朴素的最大表现力。

通读下来，我最喜欢的他的五句名言是：

1. 重要的不是知识的数量，而是知识的质量，有些人知道很多很多，但却不知道最有用的东西。

2. 文明的建立，不是机器而是思想。

3. 人生的一切变化，一切魅力，一切美都是由光明和阴影构成的。

4. 个人好像是一个分数，他的实际才能好比分子，而他对自己的估价好比分母。分母愈大则分数的值越小。

5. 行善必须努力，然而，掏恶更须努力。

他的文采令我震惊，他的哲理让我叹为观止。我从他，了解了俄国，他让我看到了不一样的文化精彩。

列夫·尼古拉耶维奇·托尔斯泰

读巨人，需上百尺楼。上一层，见地便不同一层。小袁茵在百尺起步，已仰止有感，不知再登高楼，会有怎样的发现！见巨人真容，还需再上层楼！

万平

我终于获得甘甜

2012年12月5日

天上繁星的光环一圈圈地向外扩散，穿过了整个宇宙，穿过那些不明亮的星星。

我合上了笔记本。教室里杂乱的喊叫声、嬉笑声，几次从墙壁上反弹回来，经过我的耳朵，炸药似的吵闹着钻进了我的耳朵里，重重地打在了我的脸上。我叹了口气，又打开了笔记本。

这件事就像闹钟似的在我身体中的一部分醒着，告诉我：后天奥数比赛，比……赛！

看着我的笔记本，我的目光开始解散，变得一块一块的，其中一部分飘向了坐在讲台桌上的某人，正专心地看着我们班作文的某人。我在心里给自己打气：就是为了她，努力，行吗？我又笑了，这是我自信的来源。

我一旦定了个目标，就会像车子跟着导航那样跟着它，我要考出好成绩。我那一天的速度那么快，我现在想都不敢想了。笔记本上的一个个字，一个个公式，都被我

摄于新西兰

的力量征服了。

在去考场的路上，听着一首《外面的世界》，来到了外面的，不属于我的世界。考场上我的笔在飞奔，每一步都很稳，很沉。

考完了出来，我就知道，我的努力没有白费，空气都变得很甜很甜。

对了，当时我是五年级。当时的某人现在正在前面坐着，时不时起来转转，抱着胳膊。

我又笑了。

这个笑，那么甘甜。

叶

2012年12月9日

静静你来了，
吸走许多尘埃。
悄悄你走了，
不留任何残骸。
默默融入泥土，
这是无私的爱。
甚至没有什么可以证明，
你曾经到来。
啊！叶，
那默默无闻的叶，
那无私奉献的叶！

摄于澳大利亚·袁茵

其实无法证明，你曾经何时来到。被忽略的，曾是满树的绿荫，曾是新春的嫩绿，曾经是第一次见到过的阳光，曾经是那密密绵绵的细雨……

一叶，一生；叶如是，人亦然。

孩子的眼睛看见了那片片曾经的精彩。似乎，同时也看见了自己默默地似乎被谁忽略了的日子吗？

万平

写完了这首小诗，女儿羞涩却自豪地趴在我耳边说："这默默无闻的叶，写着写着，我就感觉就像对我付出了那么多的妈妈一样。妈妈，你读读？"

听到这样的话语，读到这样虽稚嫩却真纯的诗句，全天下当妈妈的，哪个会不感到欣慰呢？

张莉

二〇一三年——二〇一四年

天花一瓣落在手

摄于新西兰·袁茵

花律

2013年3月28日

抬眼一望，庸懒的阳光斑驳地漏在那丛花上。有一枝花凋零了，而她上面几朵，踌躇满志地开着，还有一朵幼小的花苞已安然睡去。

妈妈说：“真可惜了，这么大的花说掉就掉了！”

我却以为：“落了也罢。反正她辉煌过，灿烂过，留下她的余香，这已足矣。”

转眼一瞧，还有一些花骨朵儿，紧抱着自己的花瓣，可能是不愿离开那温暖的被窝吧，迟迟不肯开放。

瞧，另一枝上的一朵小小花苞，她虽已枯了，可她尝试了开花，来到这世间，也看到了这世界。这也足矣。

也许，这就是花律吧。

摄于肯尼亚 · 袁茵

认真的概念

2013年4月2日

“认真，认真再认真，用心做到最好！”这是我们班的口号。可什么叫认真?

我觉得，认真是风，一股把人往前推的风，认认真真，勤勤恳恳。

我觉得，认真是种子，只要你种下了种子，它就会生根发芽，认认真真，努努力力。

我觉得认真是飞机，只要你肯开动它，它就能飞起来，认认真真，踏踏实实。

换句话说，认真是万物生长着的根，万物也只有认真的根不懈地伸长向下才能生存。

作家只有认真体味生活才能写出杰作，司机只有认真专注才能开好安全车，学生只有认真钻研才能不断进步。所以，我们一起认真吧！

没得说，不认真，根不深；根不深，叶不茂。日子过得浮飘飘，浮飘飘，心气躁，一不留神摔大跤！

万平

摄于肯尼亚·袁茵

免费

2013年4月8日

关于这两个字，我们中国人深有体会。今天听说，七月份微信也要收费了，妈妈说，哎，现在微信也要收费了。现在什么都收费。我笑了，陷入沉思。

妈妈，其实，有几样东西，是永远不会收费的。

友谊：在你陷入困境时，只有朋友会帮助你；

亲情：当你在悬崖边时，只有亲人会不顾危险救你；

责任心：只有真正有责任心、帮你的人，是不会伸手要钱的；

阳光：每天照着我们，它又何曾有怨言？

空气：我们，有了空气，才赖以生存；

目标：自己定的目标，我们前进的方向……

逆反像风

2013年4月11日

我觉得，我的逆反期真的要来了。妈妈问我喜欢养哪种狗，我说藏獒；阿姨问我想吃什么菜，我回答玫瑰叶；朋友问我什么时候能玩，我说昨天能玩……

妈妈，也许，逆反只是一种方式，引起注意的方式、发泄不满的方式。当大人忙得抬不起头，每天只对你说："自己吃饭、写作业、睡觉"时，心里涌出的一股轻风。

想一想，逆反真的很像风，喜怒无常的风。这是无法越过的，无法不经历的，只不过每个人的程度不同，长短不同，而这段时间，是要和家人一起度过的。同时我们也在成长。

风轻轻地吹，吹开了我的花苞，我打算迎风绽放，因为我，不孤单。

摄于澳大利亚·袁茵

独立，便是要“破土”的。破土，似乎便会“叛逆”。乖乖时，一是一，二是二；不乖乖时，我是我，你是你——你真的不再是我，不愿让你替代我……

当然，袁茵绽放时不会孤单。因为你拥有通往我们情感世界的钥匙，是吗？包括老师我，爸爸妈妈，同学，好朋友……

万平

对一朵花微笑

2013年4月15日

转身，开门，出去，关门，做完这一系列动作，我深呼吸，呼吸着空气的甘甜。

楼下的花都开了，好像谁一不小心讲了个笑话，惹得她们漾起了笑容。天稀奇的蓝，离我最近的云好像折断翅膀的雕，可望不可即。草绿得好像能滴出汁来，中间点缀着两三朵紫色的野花。这才是真正的美不胜收。

看着一朵花，开到极致的花，我竟不知不觉间笑了。那是一种没有约束、真正自由的笑，是最美的笑。笑了很久，我才发现，很久没有这样快乐了：在呆板的生活中，在繁忙的学习中，甚至在梦中。

对一朵花微笑，使自己快乐起来，调整心态，微笑面对。

读袁茵的文字，你似叹息着我们越来越沉重的生命——其实，成熟，还不如宛若婴儿。

读袁茵的文字，我们隆重地向儿童鞠躬，那样安静与安详的话语——其实告诉我们，生命应该以始为终……

读袁茵的文字，我知道，天之涯，在心田，花之烂漫，便在身边。

万平

我们对孩子微笑，
孩子对鲜花微笑。
鲜花对天空微笑，
天空对大地微笑。
大地对流水微笑，
流水对我们微笑。

陈建斌

摄于澳大利亚 · 袁茵

心事

2013年4月27日

嗯，憧憬自由
同时也享受约束。
一只小鸟，初飞的小鸟，
老唠叨现在我没有自由，
可将心比心想一想，
　　有了自由，我可拥有翅膀？
老抱怨老妈把我管得太紧，
可将心比心地想一想，
　　没了约束，我可拥有方向？
将心比心地想一想……
这只小鸟，初飞的小鸟，
憧憬自由，但也享受约束
　　心和心比，仰头望望前方。
缓缓劲儿，加油，再振翅膀！

心事！自我反思，也可以用诗来表达。小小妥协派，小小平衡者！

其实，善于平衡身心的冲突，才是长大的切实标志。

万平

新鲜

2013年5月1日

上学、放学、吃饭、睡觉……

生活沿着火车般的轨迹，一天一天规矩地行进着。

倒也不烦，只是无聊罢了。

旧的东西看多了，心也就蒙了一层灰，越擦越厚。

柳是绿的，天是蓝的，水是清的，花是开的，沙滩是金色的。

这些我早就知道了。

可再来观察，柳是绿的，上面还时不时钻出嫩黄色的芽，一天一天，长大；

可再来观察，天是蓝的，里面还有很多悠闲的云和忙碌的鸟做点缀；

可再来观察，水是清的，不知是谁投进了鱼苗，它们在那安家；

可再来观察，沙滩是金色的，如同梦幻，跟随着大海；

再来观察，我的心已明澈，善于观察。

小鸟也有飞出巢的那一天，那会使我们看到新鲜的，不一样的。

就这样好了，当然有许多许多是平凡的，就这样好了，我就在一日日的平凡中，把每一日变得有滋有味。因为，我有手中的这支笔。一撇一捺是个“人”字，三点一卧钩是个“心”字。一笔一笔的，是我们这个小人儿在心田中走出的路呢。“步步如花”做不到，老师只要你步步向前就好！

万平

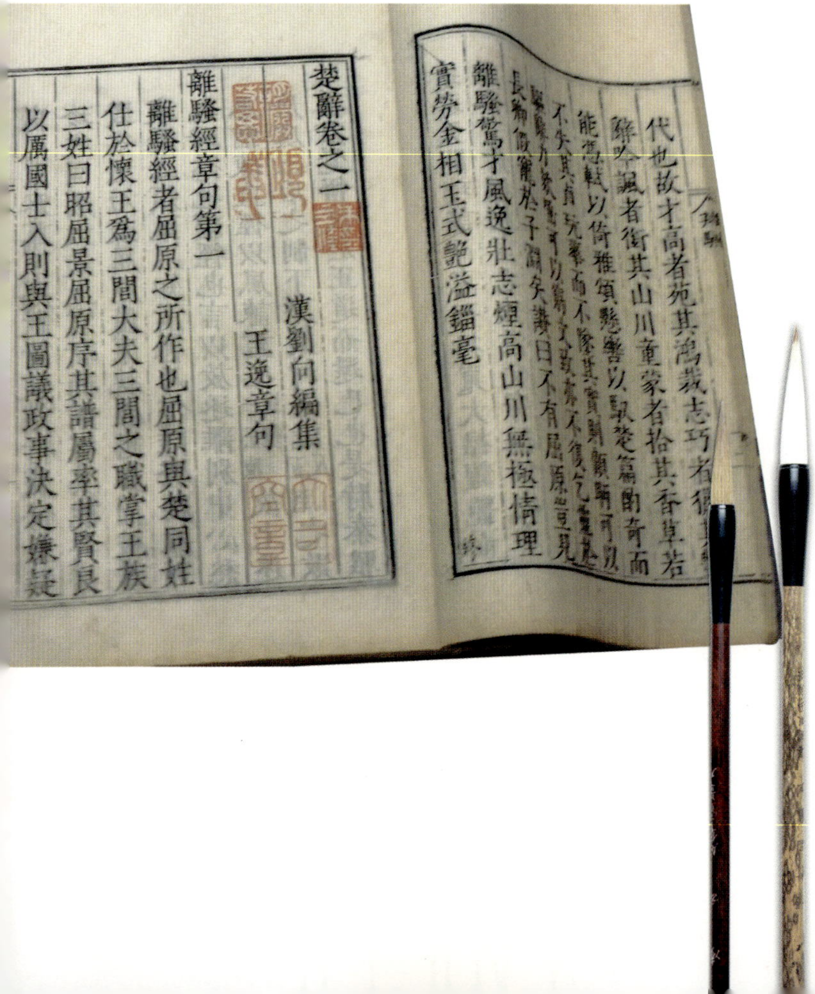
離騷驚才風逸壯志烟高山川無極情理
實勞金相玉式艶溢錙毫
楚辭卷之一
漢劉向編集
王逸章句
離騷經章句第一
離騷經者屈原之所作也屈原與楚同姓
仕於懷王爲三閭大夫三閭之職掌王族
三姓曰昭屈景屈原序其譜屬率其賢良
以厲國士入則與王圖議政事決定嫌疑

歌之吟

2013年5月4日

生有乐，享天之韵，
亡亦乐，受地之熏。
命既强，自当奋发，
品苦茶，沁凉清翠。
熏方言，熟民之韵，
听海歌，观浪之律。
闻春天，纵目翱游，
待来日，随心飞翔。

这大概是女儿在看《三国演义》《古文观止》等书，深受其感染的那段时间的产物。文虽有拗口、不甚押韵的毛病，却旷思乱想，兴之所至，东拉西扯，甚为有趣。

每个人的成长过程中，似乎都应该有一个生吞活剥、兼收并蓄的时期。这是一个大量吸纳，野蛮生长的时期，是一个需要鼓励和启发的阶段。

袁立章

生命的力量

2013年5月5日

生命的意义在于敢于挑战，如果你懦弱、胆小，那么你的生活将没有任何意义。要珍惜生命、喜爱生命，才能使自己的每一天都活得光彩有力。

小苗是这样。前两天种下的种，今日已探出头来，但并不是所有的都是这样。有的错过了时机，再没能看到世界。我惊奇地发现，有一株被土厚盖着的苗，已挤开裂缝，钻出头来，这就是生命的力量吧。

人也是相同。其实，一个人的生命长短并不是最重要的，重要的是我们怎样度过这些日子；我们的生命也不是为了在费尽心思地争取成绩、文凭中度过。也许我们一生都将平平凡凡，不被别人认识，但能够做到一生都平平淡淡也是再伟大不过的事情！平凡本身就是一种伟大。

生命强，也弱，在于你怎样看待，怎样品味。

摄于法国·袁茵

很少人会有这种“心”的生长自觉。一件小事本微不足道的，却可拈花一笑。这一小文中，便有着一颗童心对事物的敏感，这份敏感，也可以看作一种天赋。其实，当我们用心来品味生活时，每个人的敏感都是具足的。只是繁劳忘失，渐渐乏力而已。一沙一世界，一叶一菩提。心力的生长，是多么可贵！

万平

摄于大阪 · 袁茵

古今之人

2013年5月14日

古封建之辈：

富者：上不可罪皇，下不可毁规。

贫者：左借邻之币，右媚主之债。

学士：功书虽紧急，不忘礼之力。

将军：出征抛七尺，破敌谋奇计。

战乱之时：

军人：敌捕之必死，回营人皆疑。

主公：风吹疑敌动，草木皆为兵。

百姓：生来如草芥，麻席裹病躯。

奸细：轻步缓声跑，存活头重要。

此时：

学生：学前人德智，路漫漫修长。

老师：讲古今中外，润物细有声。

这些描写各种人物和角色的语言，片面而跳跃地带着蒙太奇镜头感，读起来有时让人匪夷所思。或许，它们只像建筑师搭建高楼大厦的细小零件，上面雕琢着创建者的一点点小心思小片段而已。某种程度上，大致类似于简单的碳素素描草稿。

袁立章

袁茵和好朋友

友情

2013年5月14日

人言，友情似茶，香久而不散，亦云，友情如酒，味浓且允思。

伯牙鼓琴遇知音，事乃善变心仍随。古人之情如此浓，问自己情何以堪?

友情，不难：乃琴之歌，诗之吟，乃天上妙音，地之轮回……

友矣分真假，心善，心玷。诤劝，糊弄。望其心，思其想。

真友，天所赐，善之。

假友，天所赐，恶之。

当玫瑰沉睡……

2013年5月14日

天很蓝，可总会黑；鸟能飞，但也会累；花很美，可它，也会沉睡。

当我们看到电视上，万紫千红，当我们的目光随着主角转动，又有谁知道，一个配角，小小的配角，他的心情和他所下的工夫？可能一个人，很出彩，但他的努力你是看不到的。

一个人，可能一生不辉煌，可到最后，他失去了什么？他有什么与众人不同的呢？嗯，其实他就是一朵沉睡的玫瑰，在等待......

你是一朵沉睡的、欲开的玫瑰吗？

冰山，总是只露出一角，而冰山一角之下，则是偌大的山体积累。所有沉睡的玫瑰都是可以被唤醒的，但最重要的，是要假以时日，假以时机。

世界上没有两片相似的叶子，或许，我们并不知道，那朵玫瑰并不需要在我们眼中当盛开的主角，因此，她懂得自己，并听见了自己花开的声音。那朵玫瑰花开了，唱歌给她想唱的花儿听，或许与我们竟无关呢，是吗？

万平

李昕纳 绘

摄于北京·袁茵

无病偶感

2013年5月20日

春笋冒头遇和风，夏裙飘袭雨蒙蒙。

困倦离魂入梦田，忽觉闻香雪梅中。

寥语不忘思君切，絮言似坠迷晕丛。

光若苦求撬心锁，黑似闭关锁门石。

心比大海浮不定，脸如坠石两西东。

世间何人离苦楚，天有极乐谁曾及？

《呐喊》读后感

2013年5月28日

今天，我读了鲁迅先生写的《呐喊》。这本小说体现了一个民国时的无情世界。

尤其是《狂人日记》。文中写的是“人吃人”，其实反映了当时为了自己的利益，而害死人的“吃人”的人很多，令人感慨。

就像孔乙己，他是个落魄书生，是旧社会的无用知识分子，已是个底层社会的人，他想保持自己的体面却每况愈下，他去偷书，偷到了有钱人家，被人家打断了腿。打断了腿他还坚持认为“偷书”不叫偷。虽然，凡是侵犯到别人利益，没有经过别人认同就叫偷，但是一个朝不保夕的读书人，想看几本书，为什么还会被打断腿呢？这是个什么社会？

《药》写出了当时社会的愚昧、无知，以为“鲜血馒头”能治病，却不知道革命者抛头颅、洒热血是在干什么，是为什么。

闰土的成长让人心碎，他再也没有金项圈和美好童年了，鲁迅对此也无奈。

在鲁迅先生笔下鲜活起来的人物很多很多，深刻的现实与事实也在他们身上一天天地发生着变化。

袁茵十一岁时

小感

2013年6月6日

我匆匆来了，轻轻看了，也悄悄说了。

看，昨天的花今天就凋了，落了；

瞧，明天的叶后天就黄了，枯了；

哝，小小孩子突然变大了，老了；

听，冬日飞雪已变成霜了，散了；

考试的脚步近了。

摄于北京 · 袁茵

生长

2013年6月10日

雨，大了。

倾盆，绝情。

我望向了窗前的苗们，

软弱的苗们。

它从一粒种，扎根；一株苗，长叶；一棵菜，直到拔下。

这颗菜的正确生长历程 完美、无瑕。

因为它不能不扎根，它得打好基础；

因为它不能不长叶，它得甜美好吃；

因为它不能不被拔下，它总得有个归属。

可还是有苗枯了，

虫蛀了，

我忘喷药了。

窗户哭了，

其他苗也哭了。

心思

2013年6月11日

自由和定居之隔，一个心思，一个愿望。

有人追求自由，喜欢那自在和飘行的生活，宁可永远漂浮也不肯落下。有人喜欢安稳，追求那安然又固定的日子，只愿一生扎根而不去飞翔。

流星有流星的美炫，树根有树根的风骨。每人心里想的不一样，你不能改变别人。顾城喜欢安静、舒适的日子，这样，他才能有如此的文采和对世间的感悟：他去忧天，担忧地球会失去引力，自己会变成流星；他去庆幸，庆幸自己可以变成树根，扎入地里与世无争。

如果，地球真的没了阻力，还有全世界的人来飘游；当流星划过天空，还有全世界的人来许愿；当树干漂浮，树根也跟着遨游。

而且，顾城不知道，流星会坠落，树根会腐烂，只有心不浮也不降，才能是永恒。

摄于澳大利亚·袁茵

多少天才，未竟志，人已去。再读、听、看他们时，我们的脚步不免更笃定，扎实些。

孩子，不必去管地球、流星，或者谁去飘游吧。我们且咏秋而歌之！

万平

雨

2013年6月25日

这是一场发泄的雨。好似一个憋了很久，脸色早已阴沉的娃娃，终于，哭了。

在水面，也有晶莹的露珠。远望，水面溅起了一个个小坑，像冰花绽开时的样子，朵朵纯洁；近观，雨点坠下就没了踪影，只有涟漪还在摇晃，水波还在念念不忘那即将被忘却和替代的雨点。

在树梢，早已数不清有多少露珠了，它不能像珍珠，永久收藏。

我爱下雨，爱雨点砸在我的肩头。这可以使我忘记一切痛苦，有时间去思念，思念我那段像雨珠的年华。

名著

2013年7月9日

今天，我读完了《三国演义》原版，开始了《红楼梦》的阅读。

原来是死活不想读的。可打开一看，便看到了这个缤纷大千世界的生存之道。它犹如一首曲，高似天乐，低如呼麦；好似一颗心，悦如飞鸟，落似悲歌；也如野莓，时如苦酒，时似仙露。

与一支笔、一本字典相伴，一起来品这本名著、这杯陈酒。虽没金庸的武侠小说好读，但也有一番风味，一种无法表达的美，也有一种自豪、雅致的乐。

很多人对名著很排斥，甚至很厌倦。可是，你如果慢慢嚼，掰开了揉碎了，就可以得到精神卫助。

名著，我来了！

女儿曾经很迷恋像《迷宫街物语》这样的淑女文学馆小说，里面各种少男少女的成长故事，激荡着她平静的心灵。

一种营养总是不够的，更不用说传世经典名著的不可或缺了。我们早早买好了四大名著之类的书，陪伴在袁茵周围。她想不起来的时候，也不催着她看。

终于有一天，她主动拿起了它们，并发现这是一个更加精彩的未垦地。

张莉

摄于杭州·袁茵

黄昏

2013年7月19日

正值傍晚，日已昏沉。红云留恋，不过徒劳亦枉然。夜攻，日守，一彪星始叫嚣溺战，直至日光坠尽方止。

金风骤起，柔声轻嗽，曰：“寻夜庆贺乎！”柳从其言，直舞至天明。

溪奉风之命，南征前行，鱼顺水而行，毫不停歇。风停命，溪止也，鱼歇也。

院复净，夜已深。

送了女儿中华书局版全文全注《古文观止》《诗经》后，着实担心她会毫无感觉，就像她对一些硬让她上的培训课一样。

“知我者，谓我心忧；不知我者，谓我何求？”渐渐地，袁茵从她能理解的片段开始，慢慢喜爱上了阅读古文。她开始用这种简练的文字描写景物和事态的变迁，且自我陶醉玩得不亦乐乎。

此篇小景，即为一例。

袁立章

《三国演义》蔬果版

2013年7月20日

话说三国时期，群雄争霸。菜市里，亦是如此。

蔬果王菠（菠菜）病危，群奸雄商议谁领兵趁机伐之。

豆（土豆）曰："老夫年事虽高，却上知天文下知地理。曾闻紫微星坠入金风，吾该乃王也！"豆体态臃肿，身长五尺，头戴金虎紫貂帽，身着金炽袄，赤足，下骑流金马，贵气逼人，众拜也。

独瓜（苦瓜）不从，哗曰："汝有何功，能当王之重任？吾苦倒万千敌军，辣死敌王茄（番茄）那厮，无所不克，百战百胜，应得王座！"

瓜手下一将萝（萝卜）忙劝："明君勿怒，豆曾闻紫微星坠入……"

"区区耳闻，何以为信？"瓜怒曰。

萝续言："豆已得民心，如君再争，民必不服，且拼死抵抗，不如先尊其王，然后如此如此这般如此……"

白（白菜）亦曰："主公，萝所言极是！"

瓜然其言，暂顺豆矣。

后，瓜聚精兵半夜攻豆大营，不克，败入山中。

豆得意万分，命大军穷追，捕之。

瓜后悔莫及，还发现白（白菜）原乃豆之眼线。

豆押解瓜返于城下。豆正得意唤门间，城上箭如雨下，白于城上狂笑曰：“吾乃蔬果王菠（菠菜）不二忠臣，往日用尽计策，誓欲锄奸，忠臣安能居尔辈奸雄之下，你俩将一同死！”

一语未了，豆、瓜皆被射死。

菠病愈之。

一日，一奸臣上奏皇，白有不臣之心。

帝多疑，令斩白于市。

满朝忠臣皆叹：“从此天下再无忠心之人！”

三年后，菠被萝攻，城围之日，众皆弃去。

萝（萝卜）破城弑之。此后，天下乃萝氏天下。

卢浮宫

2013年8月7日

我是怀着朝圣的心情去探索卢浮宫的。

可惜，看的时候只能走马观花，显得浮皮潦草、没有头绪。不过，三宝是不得不提的。

断臂维纳斯：她的身体微微前倾，像一只蝴蝶展翅欲飞；她的眼睛清澈明亮，给人希望并充满向往；她的皮肤细腻光滑，全身上下是优美线条；她的衣衫滑落髋部，古希腊文化的精华。

胜利女神：她站在船头，衣衫已被浪花打湿，海风迎面吹来，她不畏，逆风而行。衣服的褶皱有一种生命感，可隐见茁壮的女性美。站在她身旁，仿佛听见她呼吸，感受到了她皮肤的弹性。即使在楼道大厅中，也有在海战的感觉。

蒙娜丽莎的微笑：无论你站在她的正面还是两侧，她的目光总是盯着你，甚至似乎在向你眨眼睛（听说哦，人太多，没试成）。她的笑容也不一般，不同的人或不同时

摄于法国巴黎

间看她，总会有不同的感觉——亲切、温柔、娇嗔、玩世不恭、嘲弄讥讽抑或是……这个微笑至今还没人猜透。这个表面温柔，感情细腻的蒙娜丽莎。

这里是文化殿堂、心灵之窗、雕塑之家、画作长廊……

希望有缘，再来这里。

太平猴魁

2013年8月7日

这是一种无与伦比的茶。

有的叶大，色深，犹如沉稳地漂泊在异乡的老者，站在窗前看着蒙蒙细雨，眷恋着自己的家乡，又回忆起那欢欣却逐渐淡漠的往事。因此，他的味道是先稍稍有些苦涩，再回味出阵阵清香的；有的则稍小，色淡，好似悦目的太平安康的顽童，奔跑在雨中，快乐着，让这洒脱时节渲染着自己的心房，又让这快乐来掩盖着青涩童年悲伤的挫折。所以，他的味道是先飘来阵阵花香，后面的滋味却是幽香和淡苦并存的。

他的叶子宛如橄榄，又若松枝，美貌含而不露。缓缓倒水，叶片徐徐绽开，舒放成朵。或浮或沉，浮则顽童，

沉则老者，有龙飞凤舞的韵味，令人回味无穷。

观茶舞，品茶香，人生之乐。

要是讲画面的话，《太平猴魁》只是一杯透明玻璃杯里的茶。透过袁茵敏感而细腻的双眸，我们却看到了年轮变幻的世事沧桑，苦乐交替的人生百味，更重要的，是那份气定神闲的禅茶一味，那份发自少女心间的出尘的恬淡和从容。

孙淳

出师表

2013年8月20日

少儿应有图腾之梦，然吾常著文章自娱，颇示己志。呜呼！已觉身属布衣，无能无技，无家无势，不易扬眉吐气。

吾觉矣，将日温功课，日预习题，日复一日，将必得胜！吾切勿念己为风逸之辈，必笨鸟先飞，上天入地，勿念及他物，心神合一，方有成就。

红尘滚滚难不尽，北风怒号波不断。问君何人能助己？问君何技闯天涯？一贤谓吾曰："红尘苦难，路必艰险，汝应痛下决心，多用苦功。头悬梁，闻过喜，方为大善。"吾面羞，心则帖服。

异哉！吾闻贤语，醒悟一二：唯己图强，立志远方，日夜践行，方可成才。吾深悔去年之痛，方思亡羊补牢，从此发奋努力，以求再上枝头。

莫等日已西落，田园将芜，一落千丈，唯剩落英缤纷，空留浩叹。吾不欲为世所遗，而求扼命运之舵于手。

诚惶诚恐，上呈此表，示吾心意！

真的很难相信这是一个十二岁的小女孩所写。

但是，平常聚会时，已听过她父亲讲述她如何看书，包括文言小说的情况。讶异之余，细看下来，我发现，这位“小出师表”，是一个敏感同时又“女汉子”的少女：是上学期成绩的不理想，催生了这篇文章；刚刚看过诸葛亮《出师表》的她，居然敢在完成新学期新打算的课堂上，抒写这样一篇豪气万丈的近乎标准的文言文。

在参加一些古装剧的表演时，经常陶醉于古人说辞的凝练洒脱和韵律之美。同样，对于这种传统文化的逐步回归和渐入人心，我深感欣悦。

孙淳

摄于意大利·袁茵

谨记

2013年8月23日

勿恶寤生之子，
勿应小人之求，
勿厌学术之尽，
勿弃先王之制，
勿助不堪之徒，
勿生不轨之念，
勿教不孝之弟，
勿断明友之谊，
勿使宠禄之过，
勿从轻巧之议，
勿行不法之事，
勿用不明之资。
可详究其实，
可昭之文章，
可明其贵贱，
可辨其等列，
可顺之少长，
可习其威武。

开学第一课

2013年9月1日

这是一个个朴素的梦，是动力的源泉；这是一朵朵绚烂的花，是园丁的笑脸；这是一个个纯洁的心愿，是爱的起点。

爱是花不完的。一滴水就能反射阳光，爱也不用虚张声势。不管是苦口婆心还是怒而不言，都像是大海深处的风浪，刚刚出现就会很快消失在泡沫中，这是一种宽容的风度，也是无私的力量。

机会总是练出来的。当上帝将机会打包寄给你，就看你是否能打开它了。

有的人残疾，他却健康；而有的人健康，他却“残疾”。有的人微不足道，他却高尚；有的人“高尚”，他却实质低贱。

只要勇敢做好自己，就是最好的，不怕海宽，不怕山高。放飞梦想，自由翱翔！

是为开学第一课感言。

摄于巴厘岛·袁茵

夜幕

2013年9月5日

在湿润的空气中，夜色拉开帷幕。

太阳快沉到底了，红霞也随之而去。红晕也像被洗了似的，越来越淡，最后竟被挤上来的铁灰慢慢占领，昏昏沉沉勉强也有一丝光，可已然大势已去了……

楼底的路灯光，星星般恰到好处地散落在需要它们的地方，又如星星般彻夜明亮，如在浩瀚星空的一粒小小微尘，看似不起眼，却有独特的作用。有时，我会产生一种错觉：它们是不是坠落下凡的星星？

“别忘了我，别忘了我……”

谁在呐喊？哦，可爱的小家伙，你拥有着一个空前绝后的乐队，我怎能忘却？听！这是大自然的声音，其中有风的低声呼喊。树叶在风中轻轻摇摆，我懂了，它在说：“永远不要长大，永远不要长大！”

成长

2013年9月20日

在生命中，评选就像是宇宙里那一颗颗的小小星辰，围绕着伴着清风开始的每一天：明亮的星星会闪闪发光，而较黯淡的，则衬托其间。可这次评选打破了明暗之说：每一颗星星都会闪闪发光，都一样充满光芒。

哎！我叹了口气，心里已经万马奔腾了。我不紧张，只是觉得，自己是个陌客，是个路人，在十字路口焦急地抉择，就在这时，路标出现了："同学们，可以上来试试，这次投票是给对方写下一个个小纸条，鼓励一下，没有真正的赢家输者，大家按小组顺序读自己的竞选稿，这行的同学们先读。"万老师指了指我们这行。我想：如果不上去，万老师就会温柔地质问我，还是上吧，我硬着头皮走了上去，读出了我的心愿。

开始写选票了，我选了我认可的同学，祝他们选上！我在心里由衷祝愿，当然，我能评上那就更好了。把票交上去后，我松了口气，像交出个炸药包。

与长颈鹿的对视·摄于肯尼亚

这个环节是我最期待的，不期待结果，却期待对我的那些未知的信任——收选票。一宣布开始，整个教室就变了样了，我没有等待，而是去寻找我信任、承诺的每个人。手里不断塞着崭新的选票，我无暇去数，而是微笑着，微笑着感谢他们。我环顾教室，喜悦的、惊讶的、狂喜的面孔上写满欢乐。我突然领悟，这一张张选票就像一颗颗种子深深埋入我们的心，经过无数的磨难和栽培，终将发芽，长成参天大树。这中间，是要有同学之间的信任和鼓励的。

我回到座位，看着那一张张纸，一句句话，一个个小小笑脸，万马再次奔腾，一张选票也是认可，也是最真挚的祝福。

在这里，没有胜负和输赢，只有在同学间互相祝福的种子。只要有阳光，它就能发芽！

雨中的校园

2013年9月20日

一走出门，就抓到了一些正要逃窜的气味——雨的味道，中间夹杂着淡淡的蜜花香，让我的鼻子一阵清爽。

我见到的第一个老朋友是天空。这时，天空是蛮可笑的，像个没痛快地哭完的娃娃，虽不哭了，但仍嘟着嘴，仿佛再一碰她，她就会哭出来似的。

头顶的松树上挂着一排排露珠。我仰望天空，看到的是拥挤的松枝和露珠中的天空。这些调皮的小精灵，你肚量再大，能容下整片天吗？

雨后的泥土是充满活力的。连雨打下的树叶都开始幻想。它们望着阴郁的天空，想是不是再下场雨就能发芽？哦！我怎么能忘了你？雨后重展歌喉的小蟋蟀，欢唱着，

摄于新西兰·袁茵

来迎接光明。我猜，你刚才是躲在家里焦急地等待你的露天剧场开幕吧。

归鸟也开始一圈圈飞翔，飞干了身上的露珠，迎向那一点点阳光。突然，一种芬芳从远处传来，我闭上眼，用鼻子寻找。是你？不知名的朋友，可否告诉我姓名？哦，你害羞了，还是在可怜被雨夺去生命的同伴？洁白的花，不起眼的花，我愿意伴着你，只要你仰望，就能看见我。

雨后，小溪也活了，水底的蜗牛迈着缓慢的步子，奔走相告：下—雨—了。它们打开壳，接受雨的滋养。

青苔，是我扰了你的梦吗？对不起，我只是想看看你绿色裙子是否还这样养眼，你养的小花是否还这样美丽。

哦，朋友们！我还会来看你们的！因为你们点缀着校园，就像星星点缀月亮，所以，你们也是我的校友！

雨，又下大了。

这是让我们久久徜徉其中的文字。9月的一天，忙忙碌碌下班后，拖着疲惫的身躯回到家中，喝完一泡乌龙茶，妻子便递给我这篇文章，说是那一天语文课堂的命题作文。

“一走出门，就抓到了一些正要逃窜的气味……”，读着读着，我好似步入了一个清凉世界，这个世界，幽静、空灵而又散发着雨后大自然的丝丝清香。

渐渐的，我的全身好似酣畅淋漓地五脏六腑清洗了一番似的，通体每一个细胞都变得洁净而祥和，一种说不出的舒畅。恰似禅定，恰似梦中游仙境。

接着，梦中的景象变得更有生气：“重展歌喉的小蟋蟀”、飞翔的“归鸟”、“小溪”和“水底的蜗牛”都纷纷登场……

孩子的心是清新而敏感的，她笔下的《雨中的校园》，不觉让我想起了朱自清的那篇《荷塘月色》。

袁立章

一种成年世界里久违的清新和空灵扑鼻而来，她对一朵花微笑，她试图去抓空气中正要逃窜的雨和蜜花香的味道。对小溪里的青苔，她也柔柔地对话：“青苔，是我扰了你的梦吗？”

我以为，这种清新，这种空灵，不光是大人们所缺乏的，也是现在过早成熟的小朋友们所逐渐远离的那片“绿野仙踪地”。这片“雨中的校园”，可以同时成为小朋友们和我们成年人回味和荡涤胸中尘霾的最佳去处吧。

陈宝国

我的梦 中国梦

2013年9月25日

每个中国人都有梦，伟大的、平凡的、神奇的，甚至卑微的。这些梦想来自五湖四海，男女老少。千万个梦想溶在一起，从小小溪流，汇成汪洋大海，也汇成一股强大的力量，让国人追逐梦想，使祖国更加兴旺。

我的梦想，是做一名作家。夜里，写倦了，坐在灯下，望着窗外的暮色，看着别人家星星点点万家灯火，虽无比疲惫，却又很自豪。尽管我出的书可能被人否定，但我还是要写：因为我在读每一本有灵魂的书时，就都会想到，这是作家花了多长时间和心血写就的，他是怎样地一字一字斟酌，一句一句推敲。

所以，每个字我都细细地查看它的深意和背后的汗水。

我的梦想蔓延开去是这样的：一位单位领导买了作家写的书，看了豁然开朗，很高兴，便大赏了他的员工们；一个员工回到家，去衣服店给女儿买了好几件新衣服；衣服店老板一高兴，去大餐了一顿犒劳自己，结账时还说不用找零了；菜馆的服务员领了小费，赶紧去给女朋友买了一枝娇艳的玫瑰花；他女朋友很意外很幸福，第二天专门去书店挑了本书回家两个人看。这本书，就是那作家写的。

我还有一个特别的小小梦想，那就是当妈妈：领着我的孩子去旅游，给他讲故事，穿上围裙，给他做饭，陪他笑，陪他哭。这是一个再平凡不过的梦想，却异常温暖。妈妈就是这样拉着我的手，带我长大的。我希望我的孩子、孩子的孩子、孩子的孩子的孩子都记住，要善待自己的宝贝，将来报答自己的母亲。

中国之梦，火炬燎原，万里长征，今非昔比，人各有志，汇则腾翔！

梦想，是什么呢？是一个生命郑重其事的种子，在心田里，睡着，长着，开出花，还要结出果。

梦想于一个小学生，是用自己的书带给一些人快乐，并且这份快乐是转着圈儿又回来的。好巧！

梦想于一个小女孩，是她要给未来一个家，一个角色——生生不息……

人，本来多么单纯呢。

三十年之内，这个梦便可验真。

但愿家国天下，普天梦圆！

万平

梦萦的祖国

2013年10月1日

在深蓝的天空下，
冰山上的雪莲已悄然开放。
在茫茫的草原中，
山丘下的骏马正急速奔腾。
在耀眼的国旗下，
中华儿女的梦向希望翱翔。
我知道，我希望，
我们要做利剑，把阴谋砍断。
我们要做旗帜，把祖训发扬。
我们要做海燕，把坎坷尝尽。
新的起跑线上，我们展露微笑：
历史只是旧的篇章！
九曲黄河，澎湃着中华的呐喊。
万里长江，寄托着中华的希望。
血是中国血，
心是中国心，
魂是中国魂。
此时此刻，我敢放声大喊：
我是中国人！

看这首并不完全押韵的新诗前，我真不清楚“祖国”在女儿心中，到底是什么样子的？对于零零后，我已感觉到了代沟。

这篇写于2013年国庆的诗歌，让我振奋，更让我欣慰。女儿在冰山、草原、长江、黄河边插翅遨游中，领略了中华的壮美，感受了华夏的沧桑，更抒发了一个少女对祖国的眷恋。

读完这篇小诗，让我们成年人也不禁血脉喷张，深深地以身为一名中国人而自豪。

袁立章

摄于绍兴·袁茵

杭州印象

2013年10月5日

花喜落树梢，竹欢出泥坳。这会儿飘然来到杭州，正是桂花飘香的好时节。

上虞的山，是无与伦比的山。远眺，戴了层薄雾的山变得乳白乳白的，也使天空蒙了些零零散散的灰。稻田的颜色仿佛由浅至深，又由深至远。稻子的根须还是青的，穗子已经如金子般灿灿了，它们的背微微驼着，老练而稚嫩。一片片的稻子连在一起，像色彩起伏的海洋，在阳光下反射着微光。

随着车子的飞驰，迎面扑来了一群小精灵。江南水乡的雨果然温润如玉。看那竹林，那些苍翠欲滴的竹并不向雨点头哈腰，这正是与北方不同的。也许，这些水乡的竹儿不把这纤细的水滴当作救命恩人吧，它毕竟是长在水塘般的空气中的。它似君子一样柔和地接纳雨，以礼相迎，不拒之门外，也不会俯身称臣。竹叶尖上坠了一两滴正要滑落的雨，远远望去，就像给竹林戴上了一粒粒珍珠，平添了份尊贵的气质。

杭州的阳光是明媚的，柔和又炽热的光从中间汹涌喷出，抚慰了正要开花的桂。为了感谢这阳光，桂喷足了香水，向太阳致意，不经意间，风把拂面的阵阵余香送给了我们，它打着呵呵，跑过西湖。瞧！它掀起了一片香浪，如同一只豹子在奔跑，黑白的斑条影子般交叉，从两岸分别出发的浪子向对方发起攻击，就像在以迷人的方式舞蹈，那上下起伏的样子，简直想让坐在长椅上的人儿跳下去做它的舞伴。水面上的小舟如一只只无聊的水禽，游来……飘去……夕阳把对一天的留恋和对明天的憧憬尽情洒在湖面上，把湖水染成了淡粉色，给青山织了一个中国色的花冠，也给国旗蒙了层自豪的晕。闭上眼，听见船头拍在水面的轻响，汽车嘟嘟的喊叫，却少了些鸟儿的啼啭，心里不免稍有些遗憾。猛一睁眼，湖面上的杭州城宛若突然撞见的海市蜃楼，它却不再不食人间烟火，红红火火地，各色招牌在暗夜里闪闪发光，光线在水面上拉出一条条长长的影，似藕丝般缠绵。

桂花更香了，我却飘飘回京。

有缘再会！

“最美家乡儿女情”。

女儿虽是小学生，却节假日也课程连连，比大人还忙。于是，有限的寒暑假，我们总是希望带着她去不同的地方感受领略，以弥补老是坐书桌板凳的不足。实际上，家乡，却很少回了。

摄于杭州·袁茵

十月国庆，我们终于再次带她回到了浙江。女儿对周围的一切都显得新奇，远比她去过的其他许多地方。不光是新奇，她还时不时地专注地观察，静静地体味，进而，她总会在路上对我说："爸爸，借我手机用一会儿？我又想写一点文字到记事本里。"于是，行进的小车上，白堤的漫步中，曲院风荷湖边，都留下了女儿时而抬眼凝望，时而埋头敲字的身影。

也许，最是家乡儿女情，乡土和血脉延续下来的因缘，真的会激发起万千胞泽的脉脉深情！

袁立章

我和小公园的故事

2013年10月9日

我有些累了，有些厌了。

生活中的种种压力，已把我离目标越逼越远。①

“我出去走走啊。”轻描淡写是我表达的一种方式，就像露珠流过的竹子上，那一道轻描淡写的泪。

小公园是我最爱去的地方。早上，那里的日出我觉得是最美丽的。在草坪中躺下，希望就那么掉下去。②

突然，一只蛐蛐开始抗议：“这里属于蛐……蛐儿！”

静静地，我看到一个有趣的生物链。种子被太阳光滋养，发了芽，长成草，长成花，长成大树。大树为蜜蜂提供了家，花儿为蜜蜂提供了食物。而最后大树、花儿、草、蜜蜂都死了，给大地养分，大地再养活新的生命。

一抬头，看见竹林反射了想进来的阳光，投进来绿色的剪影。蜜蜂落在了一朵小花上，小花被压弯了腰，蜜蜂立刻飞起来，叫：“对不起！”再飞上另一朵花。鲜花上的阳光散得不均匀，所以它们就发散出丝绸般绚烂的光环，绕上了身边那青草，那大地，别有韵味。

太阳要下去了，这时，它烧得最红，最热，就像壮士的鲜血，被人唱诵。太阳真要下去了，它拉了两片云遮在眼前，它不愿看到地上一片黑暗。花儿的花环也被太阳收走了。花儿们顿时好像都没了魂儿，一动不动。

身下已有些凉意。露珠在我身上游戏，我轻轻放下它们，回家去了，戏已散了。③

万物都有所得，一时间，我亦释然，得到了那心中的宁静。

不过，我有点儿感冒了……嘻！

①对于孩子而言，学业是一种压力，而家长给安排的不少课程，也是一种潜在的压力。此外还是孩子生长时遇到的小小烦恼……这种莫名的情绪或许便是这篇文章的缘起。

②这个“掉”字用得太奇妙了！把自己身心的那种融入情绪的轻盈感，写出来了！

③这一大段的话语，心不静到一定的程度，是映现不出来的。教作文时，多少人所说的“观察”似乎是有方法的。但是，让心静如镜的方法，确实只有“专心”才可以。得到这样的一颗心，也便与春咏而歌的前圣们万古一心了。所以我亦然相信，这样静谧的心灵，是必须“酿”就的。仿佛丰收之后的葡萄，酿酒，万颗千颗……累计而成。

作为语文老师，我始终以为书（好书）是最好的老师。若可读书，便可收获，遂有了一个酝酿的开端。

袁茵是读书的孩子。恰恰读了一些挺好的书。我这个老师，只在一旁默默地嘉许着。偶尔，喝声彩！

万平

袁茵十岁时

自信

2013年10月13日

自信是什么?

是看着自己写得密密麻麻的黑板上,“啪”一声放下粉笔的时刻吗?是考了好成绩,故意任鞋子的声音在走廊里回响吗?是在跑步终点,一个满意的跳跃吗?都是。

下雨的时候,万物都是忙碌的。

忙碌中,坎坷已是必然,这时候,保持自信,告诉自己:“看,天上还有道彩虹!”

保持一个好心情,是自信的关键。

一件事很难,告诉自己:“尽力,坦然。”过分苛刻也会丧失信心。

给我个微笑,给你份自信。

读《三国演义》有感

2013年10月14日

三国安天下，胜负自详略。

请君听我细道来：魏有奸雄曹操；吴有异人孙权；蜀则属主公刘备。

我常想，如果三顾茅庐的不是刘备，而是曹操，会怎样呢？诸葛亮出去以后，看到曹操疑心成疾，在战场上他使战士望梅止渴，在收买人心时割发代首，定会摇摇羽扇，翩然而去，然后就在深山中安度终生了。

都说乱世之中出英雄。在这人才济济的三国，何人乃英雄？曹操吗？英雄会“宁我负天下人， 不叫天下人负我”吗？英雄会刚干掉一个奸臣，自己又变成一个吗？有人说，刘备算是吧？其实，比起明着杀人的曹操，口是心非的刘备更令我畏惧。刘备为了吸引名将，给自己加了个“老实诚恳”的王冠，但他一遇到大事情就胆怯，这种人也不算是英雄。是的，他可以是个演技派的好主公，但还没有到达英雄的级别。

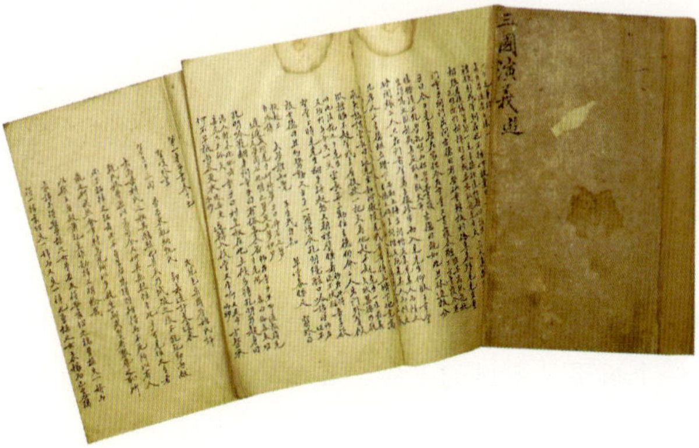

我觉得，英雄不是别人，是诸葛亮。他不是伟大在他的智慧，而是在他的忠心。他的光环那么刺眼，连笨笨的阿斗都不太喜欢他，他有一气之下离开吗？有抱怨吗？他一生一世都在为别人努力，为别人奋斗，临死也是这样。

天下之势，分久必合，合久必分，如东水一流，不复回。

我尝到了一种已经快忘记的滋味

2013年10月20日

在我们这个城市中，行色匆匆的人一群一群地漫过马路，汽车的尖叫不绝于耳，任何人都不想被落下，我们这个城市，一齐加快了脚步。

在一个再平凡不过的下午，我写着再平凡不过的作业。手中的笔不停地奔跑，我要跟上别人的脚步。一会儿的舞蹈课好烦人啊。我叹口气，但又不得不去，“我又能怎么办呢？好累。”

妈妈走了进来，我马上拧了自己一下，打起精神！

“今天的舞蹈课还上吗？”

“我去换舞蹈衣了啊。”

这两个声音几乎是异口同声，我和妈妈都愣了一下。

问上不上课的是后者，要去换舞蹈衣的是前者。妈妈同意我不去上课？好吧，我趁热打铁：“今天好累呀……”

摄于肯尼亚

“那不去了？”

“嗯。”

七点了，我打了个哈欠，刚要再动笔，就听见一声铁勺掉在地上的声音。我皱了皱眉：“又怎么了？”

“你专心写作业！”妈妈说。

过了一会儿，妈妈走了进来，说：“蜂蜜水！”

这个周末，会因为这杯蜂蜜水变甜？喝下去就被作业和课冲散了吧。但我还是接受了。

喝了一口，一阵甘露在心间荡秋千。闭上眼睛，想象着玻璃杯上反射的妈妈的微笑，我也笑了，也许，快乐就是这么简单。

蜂蜜好甜啊，这是一种我已经快要忘记的滋味。

摄于澳大利亚 · 袁茵

失去的才知道珍惜

2013年10月26日

当灯光翩翩起舞时，最后一片坚守的红霞已经撤退。

我欲望穿夜幕，一回眸，猛然想到，今天语文试卷上的那道阅读题。

那个老爷爷，在每周六苦苦期盼孩子们的欢笑，得到的却是失望和惘然。后来老爷爷写信给他们，责怪自己太用心，孩子学习忙，肯定没时间来的。后来又说自己要治病，不能再陪他们了。

看到这里我捂着嘴哭了，心里酸酸的，有种莫名其妙的共鸣。

老人啊，就是希望陪伴，打个电话给他，他也能乐半天，他希望儿女能来看看他，却怕耽误了事。

泪光中，姥姥姥爷在电话那边小心翼翼的面影在我眼前挥之不去：泪，染湿了老人的失落。

是啊，晚霞的接班人是灯光，也许，什么东西渐渐消逝，才知道它的珍贵。

在秋天的味道中
你可安好?

2013年11月15日

当落叶的苦涩和果实的甜美，还有阳光的灿烂夹杂在一起，就是秋的味道。

斑斓的日影把叶的脉照得格外明亮。不管是绿的、红的，还是黄的叶子已枯了，仍蜷在枝头，怕冷似的抱成一团，仿佛想让时间停住，好取取暖。它们看起来更加孤单，更加饱经风霜了。

走过落叶丛，脚下“沙沙”的声音就像一首最后的余韵。这是首神奇的乐曲，带给我大海似的宁静，把心中的烦躁都留在曲中了。

我抓住了一片叶子，它鼓着风，告诉了我它的故事。

春天，刚出生的小叶子们在嫩绿的空气中轻轻旋转。一双双小手紧紧拉住了大树妈妈，一张张小嘴的吞食让它们的生长充满了希望。大树妈妈笑了，她想：我可不是第一次养孩子了，但愿它们能经受后面的考验。她慈爱地看着那群全身嫩绿，又有些嫩黄的天真的孩子们。

夏天的时候，时间的流逝使叶子的颜色变成了深绿，有些艳绿，还有点淡淡的土黄，看起来颜色就像波斯猫的眸中波动的那抹神秘的色彩。夏天的热只是暂时的，风雨来了。

一片黑云在风的引导下，狂笑着，翻着跟头，居高临下地望着地上的“小黑点”。“考验来了。”树妈妈紧张起来了。闪电来了，狂风也到了，不少叶子被吹跑了，它们松开了妈妈的手，像海上风雨中的船，一会儿就没入那黑暗的大嘴中了。可我手里这片叶子告诉我：它很欣赏这种声音，它说：闪电使它变得坚强，暴雨让它更加碧绿，它听到了摇滚的歌声。我发现，叶的中部有一条划痕，可

李昕纳 绘

能就是在坚强的过程中受到的伤害吧。

秋天，黑发人送了白发人。这片叶子的心仍是墨绿，边上却像羊皮纸似的泛黄了。这片叶子在回忆，回忆自己小时候在妈妈怀里，年轻时在风雨中的经历……最后，它叹了口气，像是在痛伤，却很高兴，它说：终于结束了。它慢慢地飞入了落叶丛中。

现在，它飞到了我手中，它告诉我：它只想回到妈妈身边，给妈妈养分。我默默地点了点头，轻轻地放下了它。

我从小小一片叶，看到了整整一个秋。

秋天本不会有桃，我们校园里的花桃却在这季节里纷纷拱出了花骨朵儿。它们淡淡的粉色，让这片天地不再肃杀一片。

望着桃花骨朵儿和满地的叶，我闻到了，不一样的秋的味道。

每当我们演了几个富有挑战性的吃劲角色后，一般都会要求自己沉静下来，放空一下自己，尽可能让自己重新“归零”。因为只有回到了原点，身心干净透彻，以一颗所谓的“赤子之心”，才能够再次敏感而又立体扎实地去把握和塑造下一个人物。

袁茵却处在一个先天清灵、敏感而又不染尘埃的好时间、好状态。你看，她的眼里，不管是蜷缩枝头的枯叶，嫩绿空气中旋转的春叶，带着伤痛却欣然飞离枝头的落叶，还是狂风中摇滚并受伤的夏叶，都是一个个鲜活的生命个体。它们光荣地绽放，自然地荣枯。她呈现给我们的，是一个眼耳鼻

摄于美国·袁茵

舌身都能同时张开各自的触角，去淋漓尽致感受的充满活力的自然生态。

这干净细腻的文字，反而不是很多成年作家所能写出的。因为，袁茵，不需要“清零”。

愿袁茵呵护心间的这份“敏”和“净”，让心香馨然……弥久……

孙淳

阴天背后便是晴天

2013年11月27日

梦想的火花和坚持的力量混在一起，便是成功的味道。

我怔怔地望着车窗上那横行的露珠，心早已被零碎的风吹向远方。

我飞过农田，农夫正在插秧，他脚下的水面上映着清晰的天与地。他一步一步后退，许多秧连成一条虚线。水波一圈圈地向外扩散，直到消失在白云的倒影中。我问自己：如果这个农夫不倒退着插秧，而是从后往前插呢？突然，我明白了：从后往前插农夫会把已插好的秧踩烂，插出来的秧还会很歪；我悟到：有时候，以退为进也是一种成功的方式。

我飞过大海上空，听雷声在我脚下爆炸，大海在我所站的云下怒号。我看见海燕划破了天空，在天与海中搏斗。我问它：“你为何不在家中休息，反而跑到愤怒的大

摄于意大利·袁茵

海面前？”

海燕纵声长嚎：“我在雨点的打击中坚强，在风雨中穿梭，我要与大海搏斗，我要战胜自我！”

我悟到：向梦想追去，最大的困难就是战胜自我。战胜了自我，就会实现自己的梦想。

我飞进了大山，看到许多穷苦的孩子，他们没有鞋穿，却还坚持上学；我看着他们鼻涕“过河”，还用受冻的手指一个字一个字指着认真读书。古代的才子学问家们，有多少是出于王府之家呢？我眼前的这群孩子呢，他们条件都没我们的好，但却格外刻苦。

我终于悟到：温室里长出的花不会经受风霜雨打，而野外的小菊花，却表现出顽强的毅力，能经受住风雨的洗礼，并见到彩虹。人也是这样。

我又飞到了许多许多地方，看到了我以前没有看过的东西。

最后，我飞回了自己的教室。像看别人的照片似的，看了我小学六年的生活，从评选到值日，从开心到伤心。我的心似乎飞回了我的座位，我抬起头，墨绿的黑板上写满了同学们告别的话，静静地，慢慢地，我的心又飞回了我的身体。

在校车上，露珠已不再横行——车停了。

我默默地下了车，摸了摸那颗因心灵旅行而激动得膨胀的心。我觉得我的心胸变开阔了，是因为我学会了以退为进？因为我学会了战胜自我？应该是的。

我觉得，成功是一种快乐，它并不只有一种公式，它会有很多种方式，我正在，试着去感受。

阴天背后便是晴天，我爱晴天。

对于磨难，我曾经写过：在夜晚我不觉得孤独。在大地的黑暗里，我的声音里有纯洁的力量，能够穿透沉默和寂静，在黑暗中萌发新芽。为了生长为了歌唱，不畏风暴有着钢铁的坚强……

现在许多孩子都是温室里的花朵，愿袁茵能像文中的海燕一样去搏击，去长啸，去战胜自我。

陈建斌

爱是那一抹甜和酸

2013年11月29日

糖葫芦的味儿是酸甜的。到底是酸中带甜，还是甜中裹酸，谁也不清楚。只记得，是很好吃的味道。

我觉得糖葫芦像一种人，像司马迁、勾践这样的人①，他们心中不管是苦是咸，是酸是辣，都很好地被表面的和美②所紧紧裹住，使人琢磨不透③。糖葫芦也是这样，一层厚实的糖衣使里面的酸山楂披上了盔甲，唯有竹签知晓它的愁。

我爱那一抹裹住的滋味，也爱它深深的韵味。

①我们读史，只读出他们最后的居功至伟。但那些苍凉的日子，孤苦的时光，似乎都不再被人能品味了——谁又可以去品味英雄形成的经过呢？难！所以他们只是英雄。

②丰功伟绩的辉煌。

③英雄总是孤独的，好在，有竹签知道，那竹签，便是穿过人心的岁月时光……

万平

那一抹秋风的魅力

2013年12月1日

秋风的魅力，是它心中的纯洁。

它掠过天空，轻轻地托动了白云，使碧空悠悠的眸中，多了一丝神秘又不食人间烟火的寂寞，一种高高在上的寂寞。

秋风是清爽的，它没有春风溺爱般的轻抚，没有夏天烧烤般的炙热，没有冬天冰洁的冷涩，它只是闲闲地，不留痕迹地飞过你的心房。

秋风有时会留下自己精心绘画的作品，看！天边一轮圆日已要去它该去的地方，它临走前不忍看到地面上一片黑暗，便拉起了两片红霞，遮住了双眼。留下的颜色是从朱红，到浅黄，到冰青，最后是一片虚无……

秋风舞过枝头，带走了几个舞伴，不是一色红，而是如水波般变化无穷的叶子。它们舞在了一起，如一块巨石扔进池塘溅起的涟漪。秋风带走了叶的舞姿，还有它的生命。在秋风眼中，悲欢就是悲欢，没有拖泥带水的离合，因为一切，都会有新的开始。

秋风还是那样，不是劲风，也不是爱抚，它还是它，纯洁的它，大道无言。

一抹秋风，起了……

李昕纳 · 绘

也是没有想到，孩子的笔下写出了这样的秋风。我感受最深的句子是："在秋风眼中，悲欢就是悲欢，没有拖泥带水的离合，因为一切，都会有新的开始。"

只有儿童才善于和自然对话啊！

万平

心房内的温暖

2013年12月2日

每个人心中都有一座房子，房子里总有一扇窗，窗子里总有一盏灯。

当你打开那扇窗，品味到春风的甜美，沐浴到阳光的温暖，心头那盏灯就会被点燃起来，每一个黑夜，它可以发出执着而又柔和的光束，让你的房子里充满光明。

但是，如果暴风雨来了，狂风吹灭了你的灯，雨点浇湿了灯芯。看着明灭而又狰狞的闪电，你心房里会一片黑暗。又一个闪电过来，那转瞬的光亮让你依稀看到黑暗中的雨滴，这时你只能倚在窗边，寒冷地等待天明了。

等天上第一道红霞出现时，你又会有好心情，但湿了的灯芯还无法燃烧，它需要等待……

是啊，等待心房里暖和起来，让明亮再次充满整个房子。

摄于新西兰·袁茵

刚刚写了不久的小文儿呀！我看着这样的文字，甚至在想，嗯，是个周一呢，应该是个周一的日记呢？我多想让袁茵补上几笔。讲一讲“灯光”后面的故事。那一定是个有点曲折的小事吧？

我在当老师的时候，希望给每个孩子点燃一盏心灯，可此时，我却不知这个小姑娘心灯灭了的缘由？雨点为什么浇湿了灯芯呢？

万平

摄于北海道·袁茵

听《月光曲》有感

2013年12月7日

李昕纳·绘

大海的呼吸稳重而有节奏感，像在举行一个庄重的仪式。一片乌云遮住了月亮，它只能透过乌云悲伤地看见干净又古板的海面，把静悄悄的寂寞融在明灭的大海中了。

浪开始一下一下轻轻拍打着沙滩，温柔又体贴。月亮看见乌云飘走，一下子便泻出了月光。银白色的水面升起了飘渺的薄雾，围在了海面上。

薄雾慢慢变成了乳白色，和沙滩睡在了一起。海浪呢喃，似是和着月儿的柔光共同协奏。

渐渐地，沙滩睡着了，乌云也睡着了，世界都被这柔和的组合陶醉了。

再后来，半圆的月披着白色的长袍，好似再也拖不动长长的雾色帐幔，不得不一寸寸慢慢退却，收回了月光。

月亮满怀悲伤地最后看了一眼它的舞厅，一步一步，走了……远了……

朝霞终于最后来了，海浪又古板起来，静谧着，新的一天，开始了……

宝贝宝贝 别走好吗?

2013年12月13日

它和我一起长大，却没什么人知道它曾来过。

是的，它是一只兔子。可在我手中，它温暖的小舌头却能点亮我的心房。它，叫“乖乖”。

第一次见到它，它还是个小毛球，一蹦一蹦，便制服了一个六岁孩子的心。我第一次抱着它，笑得那样灿烂，以至于“乖乖”棕色的眼上，也增了几分光彩，像流萤，像朱阁外的一抹朝霞。

写作业休息的时候，我会去找它。生气时，我会对它不理不睬，后来又安抚安抚它。我伤心的时候，看它呆呆地蹲在一边，默默地陪我一起悲伤：它不会撒娇，也不会讨好，只是傻傻地陪你伤心，陪你笑；我高兴的时候，会让它在我腿上小睡一会儿，看它安心地合上眼，我便觉得：我是它的依靠。

有一段时间，我要考试了，没时间陪它，它便自己躺在地板上，在我脚边看着我，给我一种支持。

后来，我在四年级期末考试中没考好，妈妈要把乖乖送走。我哭了吗？应该没有。我只是默默地看着，像当初乖乖看着我那样。我只是看着乖乖的眸，那是两个如黑夜般宁静的钻石，只是此时此刻，蒙了一层灰。

我此刻伤心，却流不出一滴泪，我的心已经干了。我看着它被装进车子里，司机上了车，车一下子就开走了……

李昕纳 · 绘

在尘烟中，我知道了，我的童年会暂时结束一段时间了。我终于哭了，静静地，如晚霞散开后的云朵般黯淡。

下一个学期，我养了Coco，这是一只小狗。我喜欢它，可还是在心里留了道伤痕。它虽会随着时间慢慢愈合，却总有一道银亮亮的痛，忘不掉，也不想忘掉：它“只是”一只兔子。

乖乖在那人家里吃不吃得消，我不知道它怎样了，也不忍知道。要是有机会能再见到它，我只想对它说：“宝贝宝贝，别走好吗？”

新年

2013年12月31日

新年，是爆竹声中的绚烂，
新年，是课本中旧的篇章，
新年，是时代中新的标点，
它画出了缤纷色彩，
勾出了城市，
描出了相框。
在一个不眠夜里，
守的是希望。
在一家家亮起的灯里，
发的是新的光芒。
无数种的期盼，连在一起，
炼成一列火车，
向前开，
向前开，
开过2013，直奔2014！
我们的理想和希望，
向前进军！

二〇一四年

惜福文字皆緣因

病根

2014年1月31日

摄于澳大利亚·袁茵

在一个森林里，绿荫投下的清凉已悄然离去，一小段阳光停在了啄木鸟伊伊脸上。

一下子，风都吹了过来，好像在驱赶什么东西。“我得去看看。”他自言自语。他一边飞，一边看着松鼠、刺猬和其他动物都一起跑了过来，一个赛一个跑得快。怎么了？伊伊有点害怕，但好奇心又使他硬着头皮往上飞。咚！一阵黄沙风卷得昏天暗地。伊伊想跑，可怎么也动不了翅膀：还有朋友在黄沙里呢！他等黄沙归天，才飞了出来，一看，呀！大树伯伯躺在了地上，旁边站着个有四只脚的怪物，是人；妈妈说过，千万别靠近人，伊伊看着怪物又向大树阿姨举起了有电的东西。伊伊不顾一切冲了过去，想把他心里的坏东西都清理了，他一边想：方脑袋就是转不过来，砍树？太可恨了！我要把他的病根找出来。

怪物被伊伊打跑了，他高兴得忘了形。临走前，他没有看到怪物用一个长的铁指着自己，又怎么击中自己的，他只看见了天空，蓝蓝的天，还有绿荫没遮住的阳光。

他想：“砰”的一声，我的心就好像不跳了，怎么回事？他慢慢合上眼。

一个透明的影子从他身体里飞了出来，上升，上升，飞向伊伊最爱的蓝天，他觉得很幸福。

真的。现在他才明白，人的病根就是他们那颗贪财的心啊，这是他们不能去除的病根。

我的母亲

2014年2月3日

我们回老家去的时候是“十一”，浙江还有点凉，细雨果真绵绵地下起来了。

第一天，在西湖边走了一天的路，妈妈却坚持我们去坐公共汽车。好不容易挤上去，发现车上好多人。里面的人大概都能装满三辆公共汽车了。

我们刚在门口站稳，就听见公共汽车司机那坚定的声音朝后喊：“请下去！”我连忙扭过身回头看，原来从后面下车门悄悄挤进来了一个大姐姐，大学生的模样。听到这，她依稀红了脸，又悄悄地下车了。“真有规矩啊。”我想，“原来后门是下车的地方，从这上车的结果是会很丢人的。”

到了一站，有人下车，空了个座位。我刚要坐下，就被妈妈拉起来了，她说：“这位老奶奶，您赶紧坐！”我这才注意到，我的另一侧佝偻着个老奶奶。我站起了身，有点心不甘情不愿。

好几站后，有些人下去了，我们身边又空出了一个座

摄于意大利

位，妈妈叫我：“袁茵，你坐会儿吧！”我看了看疲惫的妈妈，还没说话，她就说：“我不累，你坐吧！”

“真的不累吗？”我定定地看着她。

“不累。”她不假思索。

“真的吗？”我问。

“真的。”她依然笑了笑。

我也就放心地坐了。

可是挣扎着一回到家，妈妈喝了口矿泉水，很快就累得睡着了，睡得很香。

这就是妈妈对我的爱，疼爱我的同时也不会失了规矩，这可能是因为受了爸爸的影响吧。

“妈妈——”，一般我都这么叫她。可是，突然我发现这个一直宠我的妈妈，也叫“母亲”。妈妈，母亲，您别担心，因为您的爱，我渐渐长大了；并且我明白您的期望和要求，我会成为一个让您省心让您骄傲的女孩。

还我清朗

2014年3月8日

我虽上小学，但每日学习忙碌。一夜，作业终于写完，瞥一眼雾霭重重之窗外，便昏沉沉睡去，转眼便入一梦中仙境：此地却无尘霾，只见绿树葱茏，奇花灼灼，旁有一涧清溪，潺潺流向花木幽深之远处；跨过木桥，豁然开朗，但见远处崇山峻岭，近地茂林修竹；清风徐徐，我和朋友不禁畅怀舞蹈，与宇宙互相呼和吟唱，爽朗笑声越过映带左右的清流激湍，婆娑下三两片翻飞的树叶，它们跃入水中，顺流渐去渐远。猛然，被急促闹钟惊醒，我朦胧中觉喉咙干涩，忽而又狂咳不已。猛灌几口清水，便冲进无边之雾霾中。

果然，院里人遛狗不见狗，狗绳提在手，亦是见绳不见手，狗走我才走！顾不得也，呛鼻之下，赶紧戴紧口罩，憋气前行。呜呼！行道之中，不见欢声笑语，无有嬉笑打闹，只有一个个套中人深藏面具后，惶恐疾行。出得院门，踟蹰不敢前行，为何？来往之车辆，都依稀模糊，谁敢妄自过路口？君不见，长城内外，今日顿失清朗，乾坤之内，寰宇少敢于大口呼吸之人。

呜呼！还我昨夜梦境之清幽！还我自由吐纳之清朗。

吾友劝我曰：“人人浩叹，于事无补，不若亡羊补牢，奋起植树。一花一世界，一树一环境，为何？凡树，皆吸纳废气，吐哺清新，荡涤尘埃，为当今急需。且当此惊蛰之后，春分之前，草木复苏，古语云：春来栽树棵棵活。时不我待，机不再来，面对如此雾霾世界，我辈岂能再碌碌无为，袖手旁观？”

于是，我辈有中华梦想之少儿，皆撸袖上阵，旷野之中，洒汗浇水，荒山变绿野。

夜，疲累之下，余又沉沉睡去，忽见苏东坡，告我：“我昔少年日，种树满东岗”，又见柳宗元，曰：“柳州柳刺史，种柳柳江边。说笑为故事，推移成昔年。”二人皆有自傲之色。余坦然面对，告之：“今日我一校之同学师生，植树三千余，以此类推，君不知，北京今年新栽之树，十年之内，蔚然成林，千军万马，齐灭雾霾，当是何等壮举？”苏与柳皆叹服。

我辈少年，当植树以澄清宇内，如何？

摄于肯尼亚·袁茵

在美好的时光 遇见你们

2014年3月12日

在阳光明媚的春天，我遇见了你们，并携同度过了完整的春夏秋冬。

今天，我们坐车去梨花庄园。本想一下车就闻花香阵阵，蓝天衬出淡雅的点点娇花……不曾想，迎接我们的是袭袭黄沙，卷着风上了天。这不是绿树成荫的郊区吗？我吐了吐舌头。

先去了一个航天主题馆，宣布开始了今天的活动，我也读了我的文言文：还我清朗。应和着外面的天，我的提议不再苍白了。

然后我们玩了一些拓展游戏，像独木桥、爬轮胎之类的活动，平时不苟言笑的同学也变得神采飞扬。

植树是不可或缺的项目，我们三个人植一棵树。我重复着把铲子插进干裂的地里，用脚踩下去，用身体借助杠杆原理把土掘出来……韩慧婷浇水，我再压土，最后，树苗下已是一片泥地，光秃秃的枝歪歪地指向蓝天。

在美好的时光，遇上你们，足矣。

跋 I

雏声新唱终堪听

袁立章

波暖绿粼粼，燕飞来，好是苏堤才晓。鱼没浪痕圆，流红去，翻笑东风难扫。荒桥断浦，柳阴撑出扁舟小。回首池塘青欲遍，绝似梦中芳草。和云流出空山，甚年年净洗，花香不了。新绿乍生时，孤村路，犹忆那回曾到。馀情渺渺，茂林觞咏如今悄。前度刘郎归去后，溪上碧桃多少？

——南宋 张炎《南浦·春水》

女儿袁茵的出世，是我人生中的大喜，也是人生中的大悲。

袁茵出生是在2001年12月30日。前一天晚上，妻子肚子剧烈疼痛，人民医院的值班医生检查了却说，可能是吃坏了东西，预产还得两三天之后。可疼痛不断地加剧，多番交涉之下，深夜护士把妻子推去了观察室，家属却不得进，只能在住院房等待。中间问护士情况，回答说，放心在你爱人住院床上睡个踏实觉吧，她今明天还不会生。于是，好几天的人困马乏，便昏沉沉睡去。

不知什么时候，漆黑的病房突然亮如白昼，接着“咣当”一声，推进来一张产床。我一身冷汗迅即矗立在床边，看到满头大汗面色灰虚的妻子，在她脑袋左侧豁然是一个昏沉沉睡去的婴儿，便是袁茵。

原来，到了三四点，妻子躺床上实在忍受不了疼痛，护士又不敢给吃安定，便想起来走走，谁知道直接就要生了。接着是护士乱成一团，赶紧叫值班医生。平时娇弱的妻子，此时甚是伟大，坚持说只要条件许可，就要自然顺产，不要剖。于是折腾了好久，女儿提前来到这世界。

魂飞魄散，那也是惊喜，为女儿收拾了第一次黑色大便以后，我以为就此安定……

打电话给杭州的老父亲老母亲报喜。有了第一个孙

女，平时喜笑不形于色的两位退休教师欢欣异常，妈妈说你老爸开始天天坐一小花凳上，抱着线装《康熙字典》给他宝贝孙女起名字呢！听了之后，我只能让我哥劝他们注意身体。妈妈将近二十年前得过癌症，身体虚弱，父亲虽看似健康，上楼梯却是一步一喘，憋闷得很。

接下来两天，眼皮老跳，本不信邪，当时又困顿万分

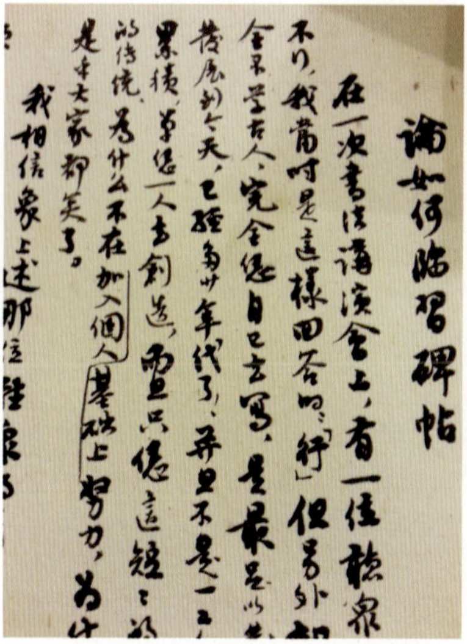

谈如何临习碑帖

在一次书法讲演会上，有一位听众

不久，我当时是这样回答的：「行」，但另外知

全是学古人，完全没自己去写，是最是少

发展到今天，已经多少年代了，并且不是一二人

累积，并非一人去创造，而只是这短短几

的传统，为什么不在加入个人基础上努力，为什

是来大家都笑了。

我相信象上述那位陆

的我，居然无暇顾及跳的是“灾”还是“财”了……

第三天，深夜十二点十四分左右，一阵揪人心肠的手机铃声，电话里是哥哥这个大男人低沉的啜泣声：“弟，赶紧回来吧，爸爸走了……”

脑袋一阵阵眩晕和漂晃，手机不知何时已是跌落，忙不迭再打过去，已是老友顾建农的声音：“你老爸又蹲着写了一天的名字，晚上老两口又看跟你相关的两集电视剧《天下粮仓》，准备休息，谁知从七八点到十一点多，楼上的木地板一直响声隆隆，你妈体弱根本睡不着。楼上那家主人常托你爸妈代看小孩，平时千恩万谢的，你爸就上楼去敲门劝说。谁知，在一片乱哄哄中，你爸就……”

昏沉沉赶回杭州，雾沼沼冲进家门，见着的已是父亲嘴角含笑的遗照和夹在《康熙字典》里的几张给袁茵取名字写下的稿纸了。

女儿降生三天，老父溘然仙逝，喜耶？悲耶？他一生从事汉语言文学，却终料不到人生的终点会有此一劫，我也断断想不通他会在这家族同庆的日子迅即遁化，弃我们而去。

袁茵出生几日间发生的事和产生的隐痛，永远地落在了我的心底。

料理后事返京，一个奇怪的事情发生了，妻子天天跟我嘀咕："咱家袁茵怎么最近越看越像公公了呢？这简直有些瘆人啊！"

其实自我回京，我就分明感觉到了。再不信邪，女儿的容貌变化，是不争的事实。

除了默默祭祷父亲，我便专程去了一趟西便门白云观，请道长通灵托语。如是，两个多月后，女大十八变的袁茵才离开了那一悚人的阶段。

不管从何种意义上说，从此我看袁茵，便也承载了一份仙逝老父亲的企盼和责任。每年祭扫和烧纸的时候，没有任何人的提醒和引领，袁茵总是出奇的自觉和虔诚。也许，每个人血缘间真的会有一种神秘的力量在世间传承和延续？

种种情愫，让我对袁茵用心颇深，期盼也高。

可小时候的袁茵，除了极强的活动和攀爬能力，除了她粗线条的转瞬即喜的"二"性格，除了喜欢听爸妈或鲍海冉姐姐讲故事之外，其他的表现，却屡屡挫败着父母的培养殷情。

先是在就近的表演培训班，后来是北京舞蹈学院的民族舞，接着是买来了日本的钢琴，又开始打架子鼓，接着转芭蕾，吹长号，学画画，玩溜冰……这一通折腾下来，每样她也能应付下来，考级也能通过，但除了溜冰和游泳，其他她一概看不出太大的兴趣和兴奋的表情。

我们开始冷静了，“阑干拍遍”，是不是女儿想要的？我们对袁茵的寄托太多，对她的成长是好还是不好？是不是该放开枷锁，让她自己去找寻方向呢？

爱因斯坦说：“兴趣是最好的老师。对一切来说只有热爱才是最好的老师，它远远超过责任感。”是时候让袁茵放开心性，自我找寻方向了吧？

为此，我们分别带着袁茵去不同的国家，看不同的自然和人文文化——美国的洛杉矶和旧金山、科罗拉多大峡谷，法国巴黎，意大利罗马、佛罗伦萨、米兰，非洲肯尼亚的马赛马拉大草原，澳洲的悉尼、墨尔本、新西兰的自然生态，柬埔寨吴哥窟，越南胡志明市和河内，泰国的普吉岛等等，希望她用自己的心和眼去感受、去体味、去发现。

路是漫长的，巴黎的卢浮宫、中国的阿尔山和九寨沟都让她怦然心动，但每次回校，便又淹入如海的作业堆中，没有音信。

她爱好摄影，喜欢看纪录片，《神奇的大自然》《野性亚马逊》都是她找寻的对象；她也愿陪着我们看《寻宝》，每次在“宝物”出场后忙不迭地自己先“评判”一番，貌似“头头是道”。她画画喜欢色彩，不擅线条，曾一度想将来做个服装设计师。我们就这样默默观察着，等待着……

趁着写完作业的片刻余暇，她开始试着读《小桔灯》《上下五千年》《一千零一夜》等各种书。“随风潜入夜，润物细无声。”渐渐地，袁茵迷上了阅读，她开始阅读一切她认为是营养的东西，关羽千里走单骑以践其义，郑伯掘地见母以完其孝。从《三国演义》到《红楼梦》到《羊脂球》，古今中外一段段故事，深深地打动着女儿年幼的心灵。

也许是上苍的护佑，小袁茵在她的学校史家胡同小学，有幸碰上了万平老师做她的语文老师。在学校“快乐阅读”氛围感召和万平老师秀雅博厚的中文教育滋养下，袁茵从开始的蹒跚学步，到渐渐的柳暗花明，她开始不再胆怯，开始敢于把独特的对事物的感受抒写于笔端。她开始放开身心，俯仰于大自然，敏锐地感知并且表达，她自信满满！

这样，一个原本让父母等待已久，原本无梦，原本无言的孩子，开始有了她逐梦的信心，有了她放飞的舞台。

“对一朵花的微笑”，“一走出门，就抓到了一些正要逃窜的气味——雨的味道，中间夹杂着淡淡的蜜花香”，一天疲惫的工作之余，我和爱人便会窝在沙发里，慢悠悠地品读女儿的小文，“这时天空是蛮可笑的，像个没痛快哭完的娃娃，虽不哭了，但仍嘟着嘴，仿佛再一碰她，她就会哭出来似的。”清新的小文，像心灵鸡汤，滋养着我们时常虚弱浮躁的内心，如清澈甘泉，抚慰着大人们粗粝而麻木的心灵。

我以为，这就叫“反哺”，是上天对于我们做父母的最好的精神馈赠。回想前几年我和爱人的心急如焚，看着今天每次写完小文后，女儿听着班级师生或父母有滋有味朗读时的那份自豪和满足，真不知道该说些什么了。

佛教说“六道轮回”，认为一切有生命的东西，永远在天、人、阿修罗、畜生、饿鬼、地狱中生死相续、无有止息。父亲一生与文字修缘，猝然离世，我又急迫地想女儿能找到自己的擅长，走上自己的一条路，以告慰逝去的先人。百转千回，九曲十弯，冥冥之中不料却似乎早已注定，袁茵曲折之下似乎不期而遇地走上了铺满文字的花荫之路。

文字之福，我当惜福！

夜深人倦，就着昏黄的灯，凝视着夹在《康熙字典》里的那一沓当年父亲给女儿起名字的稿纸，不禁唏嘘良久！

冀小女袁茵，福报殷殷，文字之缘绵长！

跋II

成长中的风景

——我和袁茵的文字缘

万平

小丫是我的学生，大名袁茵，五年级时我开始成为她的班主任，语文教师，至今仍是。

刚认识她的时候，她还小呢，大约是二年级。但是埋在一些大孩子里听我上作文课——我现在还喜欢那样的作文课，教学自由而灵动，学生大大小小，但是都好学，好学语文，乐写作文，春夏秋冬的，我们其乐融融地融会在文字的天地中，虽然每周只是一节课，但是我却和不少真正觉得文字有乐趣的孩子结下了文字缘，并且持续……

我和袁茵的文字缘，就是这样的，因为她课堂中的一句话，让我从此记住了那双黑黑的大眼睛……

那天，我们谈论的话题是母亲节，我给了孩子们十五分钟写一小段话，之后孩子们会抽签到台上来读，听者讲评。小姑娘抽到了，所以，当她刚站在台上的时候，在刚开口读的时候，我们还因为她的小而准备包容地陪伴她——二年级，确有点小豆包的奶声奶气呢！结果她一读自己的小短话，大家就安静了，而她那最后的一句“谢谢妈妈，你把整个世界当作礼物送给了我”，更是让大家一时对她小小凝视，之后，是掌声……

我们于是请袁茵妈妈站起来，接受我们的致意（我的作文课是家长和孩子都可以听的，所以妈妈陪着她坐在后面），便见到了她美丽的母亲，年轻的母亲起立时已经是满目泪光了……

只这一句话，一个小孩子轻轻地敲开你的心门，她进来了。

一周又一周，在每一日的忙碌中，我们茁壮向老，小孩子在寸寸生长。在2012年的9月，一老一小终于在一个时空交汇点内重合，我成了她的语文教师，班主任。

哦，原来班里的袁小丫竟是一个沉默的孩子，眼睛大大的，似乎会说话，在问你什么事情时，若是没听清楚，会“嗯——”一声，就那样黑黑的瞳仁儿望着你，也不着急，听你再解释，之后，一笑，再一转身，便去了，所以，我见她背影的时候似乎多些。

教了她，我们反倒生疏了，毕竟是师生了，原来的认识和认识里的故事被刷新了……

若不是文字，刷新后的页面恐怕就没有这样生动的交集了。

沉默的小姑娘，安静得似乎从没在这个班里雀跃过，“椅子鞋”她是被批评的，因为弄得实在很不好看也不好用，是因为妈妈工作忙就根本帮不上她一点点而她也手笨的关系；字写得轻描淡写，字体抒胳膊伸腿也让我说过，这样漂亮的小姑娘，字不如人；还有丢三落四的种种小马虎……都是被我责备过的，嗯，如果不是文字，这个孩子几乎是个不丑的小丫儿罢了！

我还是庆幸我成为了她的语文教师，以及要判作文——我们有不少小小的随意性练笔、试卷上附带的小文章、班里小周记、一学期的大作文本。一个字一个字的，一篇又一篇的，她向我走近来，拨动着自己的心弦也拨动着我的心弦：《距离》《读三国》……我甚至很怕批改他们的试卷，因为每一次整班试卷都要五六个小时的批改时间，当最后批改作文的时候，我已是人困马乏了。可是，可是我却还是忍不住想看一看孩子们的作文，特别是……哎，那个袁小丫，她的作文是不能看

卢晓玲老师和同学们在一起

的，每一次看了，都可能会因为喜欢而拍案击节，于是兴奋，于是睡不好觉！比如她试卷中的《距离》《温暖小事》……就害得我好苦！

但是，做教师的却还是满心欢喜！

我曾经也是个喜欢写文字的人，但是文字写到今天，也似乎不外乎“之乎者也”罢了。再者，这世界上真的并不缺少靠码字讨生计的人，那份苦乐若没有那份能耐，是受不了的。但是，自从见到小丫的小小的文字们之后，我却似乎觉得文字或许不是那种必得绞尽脑汁才能够拉出丝织成布的工程了，因为文字，不一定是“写”出来的。对于小丫，那应该是一种清澈的捕捉——就像一轮天光映到湖水里，就有了《平湖秋月》那样的曲子，当露珠映着天光的时候，她会写道“这些调皮的小精灵，你肚量再大，能容下整片天吗？”对着一个能够与小蜗牛温存对话，能够对着曹操果断说不的小姑娘，我的欣喜是常常不落空的。能够听到我曾渴望的东西——一种静谧的美丽，一种对世界的更本真的小注，一种来自于儿童的、我们想听到的天籁之音……

布封的文字，屠格涅夫的文字，林海音的文字以及老舍语言中的那种慈祥的余韵，是我从这孩子的文字中能够感觉到的，估计是她爱读这些人的著作吗？我没有问过小丫的阅读书单构成，只是知道这孩子的“嗜书如命”，她妈妈告诉我：“无论我们大家们如何喧闹，小丫头有本书，就万事大吉了。”呵呵，孩子如此好带，当娘的省心省得不免骄傲些。

随着她的小文章在讲评的时候渐渐地被同学们记住，甚至一些小作品被发表，小丫在班里有了小作家的美名，算是得到了大家的公认吧。当然我也嘱咐她，你一定不可以只在象牙塔中耕织，你还需要好好地看世界，特别是看身边常常被忽略的世界，你还要长大，还要，还要……她似懂非懂，笑，点头——小丫儿，一个曾经沉默且安静得自觉忽略自己的孩子，逐渐明媚与雀跃，在她融融的笑意里，有了因为文字而散发的心香……

她的一些小文章后附上了我的读后感，那些话是在往返银川的飞机上写出来的。一边读着，一边飞着，一边写出来的。因为这些文字，漫长的旅途似乎变得惬意了许多，所以我要感谢她。

一线教师的工作是繁苦的，但是在一些烦劳中，忽地读到一些来自这孩子心底的好文字，你会觉得有一团杏花蜜糊上了心头，所谓幸福，确是如鸭在水，冷暖自知呀！

万平老师和同学们在一起

获奖证书

袁茵 同学

荣获第十五届全国青少年"春蕾杯"

征文 一 等奖。

特颁此证

写这篇文字的时候，我正在去往泰安的高铁上，京城向南，窗外是一帧一帧的风景，也是一团一团的雾霾，但是，小丫的文字还是若隐若现地在我的心田中浮现出来，那是她留在我心里的，她成长中的风景……

万平

2013年12月7日——大雪之日

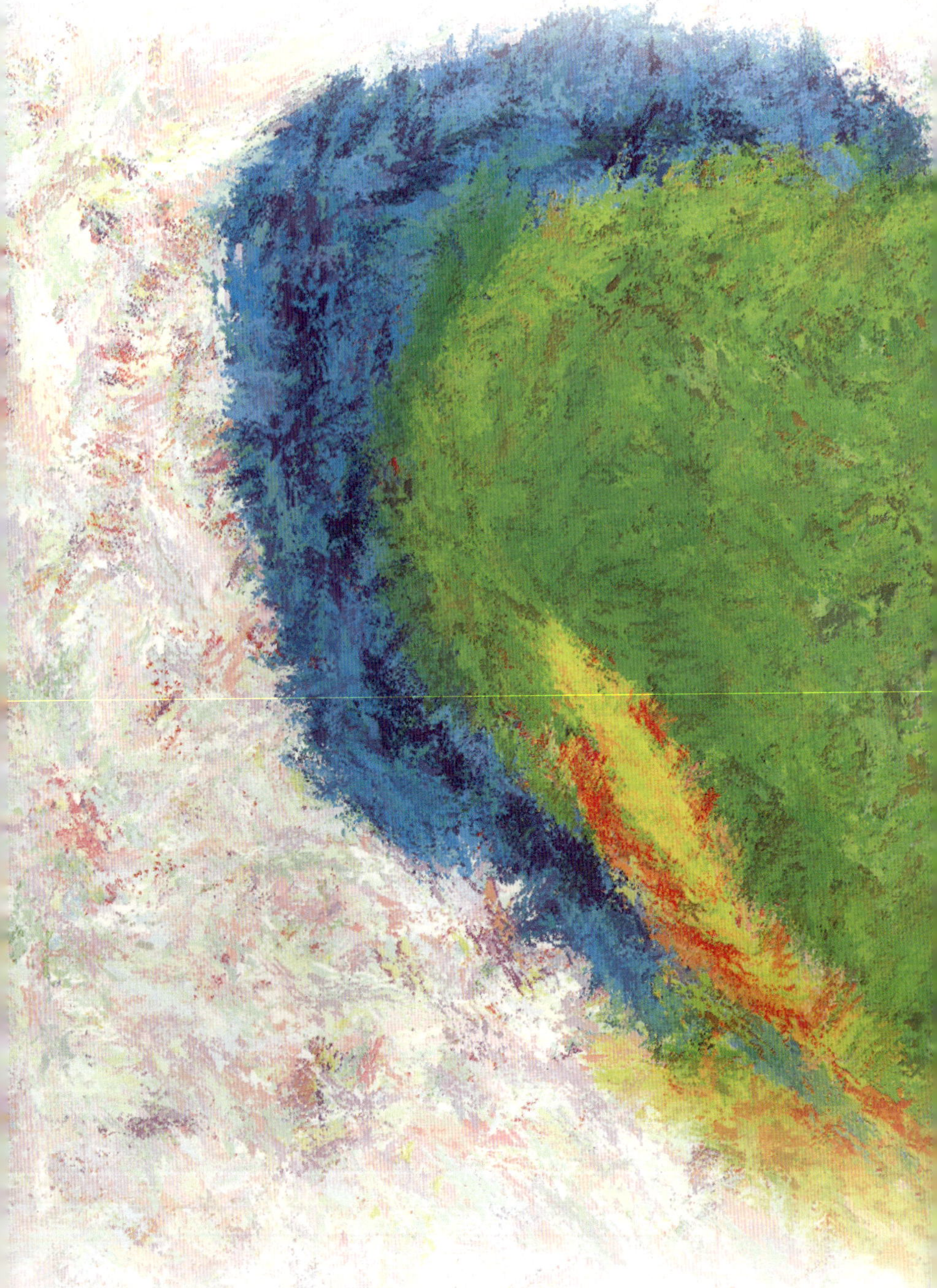

让我们一起对特殊的“花朵”微笑，
身为史家胡同小学的一员，
始终为北京朝阳晨光脑瘫儿童康复中心的小朋友们加油助威！